KB114000

침략자 장편소설

FUSION FANTASTIC STORY

작가
정규현

작가 정규현 1

침략자 장편소설

초판 1쇄 찍은 날 § 2018년 5월 24일
초판 1쇄 펴낸 날 § 2018년 5월 31일

지은이 § 침략자
펴낸이 § 서경석

편집책임 § 김슬기

펴낸곳 § 도서출판 청어람
등록번호 § 제387-1999-000006호
등록일자 § 1999. 5. 31
어람번호 § 제1-2907호

주소 § 경기도 부천시 부일로 483번길 40 서경B/D 3F (우) 14640
전화 § 032-656-4452　팩스 § 032-656-4453
http://www.chungeoram.com
E-mail § chungeorambook@daum.net

ⓒ 침략자, 2018

ISBN 979-11-04-91747-9 04810
ISBN 979-11-04-91746-2 (세트)

침략자 장편소설

FUSION FANTASTIC STORY

작가 정구현 ①

책여람
도서출판

작가
정규현

Contents

프롤로그

조기 완결

　―작가님, 죄송하지만 '대마법사 레이드 간다!'는 6권에서 완결해 주셨으면 좋겠습니다.

　월요일 아침, 출판사로부터 걸려온 전화를 받으니 수화기 너머로 들린 말이었다. 대여점 반품률 100퍼센트를 달성했던 순간부터 '대마법사 레이드 간다!'의 조기 완결 요청은 어느 정도 예상했던 것이었기 때문에 규현은 고개를 끄덕이며 수긍했다. 지금껏 출판했던 다른 3질의 작품들 역시 모두 6권을 넘기지 않는 짧은 수명이었기 때문에 수긍이 빠른 것일지도 몰랐다.

"알겠습니다. 6권 스토리를 그렇게 잡도록 하겠습니다."

─아, 참. 그리고 말씀드리는 것을 깜빡했는데, 6권은 종이 책이 아닌 전자책으로 출간될 예정입니다.

담당 편집자의 말에 규현은 할 말을 잃었는지 쉽게 대답하지 못했다.

1장

출판사에게 버림받다

　―왜 대답이 없으시죠, 작가님?

　규현의 대답을 재촉하는 리디스 미디어 담당 편집자. 그럼에도 불구하고 규현은 쉽게 대답하지 못했다. 지금 당장에라도 항의하고 싶었다. 하지만 다음 작품 계약을 위해선 리디스 미디어의 뜻에 따를 수밖에 없었다.

　"네, 그렇게 할게요. 감사합니다. 수고하세요."

　―네. 그럼 부탁드리겠습니다, 작가님.

　전화가 끊기자 그와 함께 영혼과 육체의 연결 고리도 끊기는 것 같은 기분이 들었다. 규현은 신경질적으로 책상을 내려쳤다. 지금까지 그는 3질의 작품을 출판했고, '대마법사 레이드 간다!'는 4번째 작품이었다. 모두 리디스 미디어에서 출판했는데 하나같이 반응은 좋지 않았다.

규현은 각 권마다 선인세로 일정 금액을 받기 때문에 집필을 이어갈 수 있었지만 출판사에선 대여점 반응도 좋지 않고 인터넷 연재 사이트 반응도 좋지 않은 규현의 작품을 계속 붙잡고 있을 이유는 없었다. 반응이 좋지 않을 경우 빠르게 완결을 내고 차기작을 기획하는 게 정석이었다. 그런 업계의 방식을 규현도 잘 알고 있었지만 서운한 건 어쩔 수 없는 일이었다.

대마법사는 6권부터가 진짜 재밌는데.

그렇게 생각했지만 소용없는 일이었다. 소설이란 1권부터 재밌어야 하니까.

"술이나 마시자."

오늘도 그는 술을 찾았다.

*   *   *

규현은 무거운 마음으로 '대마법사 레이드 간다!'의 집필에 나섰다.

그리고 4월, 완결권의 집필을 끝마칠 수 있었다. 리디스 미디어의 담당 편집자에게 메일로 원고를 보내고 규현은 비교적 가벼운 기분으로 스마트폰을 들어 올렸다. 그리고 어디론가 전화를 걸었다.

─네, 리디스 미디어 강주석입니다.

통화 연결음이 멈추고 규현의 담당 편집자가 전화를 받았다. 규현을 대하는 그 목소리에서 귀찮아하는 느낌이 전해졌다. 규현은 이를 악물었다. 이런 대우를 받은 지 조금 오래된 편이었지만 좀처럼 익숙해지지 않았다.

"수고하십니다. 지금 통화 가능할까요?"

─예, 작가님. 가능합니다. 무슨 일이신가요?

"실은 방금 전에 완결권 원고를 보냈어요."

─문자만 주셔도 되는데. 아니, 앞으로는 문자로 알려주세요. 그리고 또 하실 말씀이라도?

담당 편집자 주석은 당장에라도 전화를 끊고 싶어 하는 눈치였다.

평소라면 전화를 끊었을 규현이었지만 오늘은 꼭 해야 할 말이 있었다.

"저기, 차기작 때문에 여쭤볼 게 있습니다."

바로 차기작 문제였다. 완결을 앞둔 작가, 혹은 하나의 작품을 마무리한 작가라면 차기작을 준비하는 게 보통의 경우다. 일반적으로 완결을 얼마 남기지 않았다면 작가가 차기작

이야기를 꺼내기 전에 출판사에서 먼저 차기작 이야기를 하는 것이 보통이다. 규현의 경우 또한 마찬가지였다. 늘 작품을 완결할 때면 주석은 규현에게 차기작 이야기를 꺼내왔다. 그런데 어째서인지 이번에는 그러지 않았다. 그래서 규현은 불안한 기분을 좀처럼 지울 수 없었다.

—네, 그렇지 않아도 작가님의 차기작 콘티가 정해졌습니다.

"네?"

뭔가 이상했다.

보통 콘티는 작가가 정하는 것이 아닌가?

과거, 작가들을 글 공장 취급했던 시절에는 출판사에서 콘티를 정해주는 경우도 있다고 들었지만 설마 자신이 당하게 될 줄은 몰랐기에 규현은 쉽게 말을 잇지 못했다.

—콘티 보내 드릴 테니 1만 자만 작성해서 보내주세요.

그 말에 규현은 쉽게 대답하지 못했다. 지금까지 이런 적은 없었다. 아무리 전작의 반응이 나빠도 콘티가 정해지면 바로 계약을 진행했었다. 그런데 1만 자를 먼저 작성해서 보내라니?

—1만 자를 보내주시면 그거 가지고 회의를 할 겁니다. 만약 편집자들의 흥미를 유발시키지 못하면 계약은 없습니다.

담당 편집자 강주석이 설명했다. 규현은 황당한 나머지 쉽게 입을 열지 못했고 주석은 그의 대답을 기다리지도 않고 전화를 끊었다.

"씨발."

전화 통화가 끝나고 콘티를 확인한 규현의 입 밖으로 거친 욕설이 튀어 나왔다. 출판사에서 준 콘티는 도저히 인간이 작성했다고 보기 힘든 수준의 완성도를 자랑했다. 1만 자는커녕 1권을 다 읽어도 흥미를 유발할 만한 요소는 없었다.

'나를 엿 먹이려고 작정한 건가?'

처음 계약을 맺을 때 평생 함께하자며 술잔을 나누었던 출판사였다. 그런데 차기작 계약을 맺기 싫으니 치졸한 수를 쓰는 것이다.

"나는 지들 아니면 계약할 곳 없나? 나도 다른 출판사랑 계약하면 되는 거 아냐?"

규현은 마치 출판사 관계자라도 있는 것처럼 두 눈을 부릅뜨고 아무것도 없는 허공을 향해 떠들었다. 마침 오성 북스에 투고한 원고에 대한 결과를 통보받기로 한 날이기도 했다.

규현은 마우스를 바쁘게 움직이고 키보드를 열심히 두들겨 오성 북스 홈페이지의 원고 투고란에 들어갔다.

['검은 눈의 사신' 원고 투고합니다(1)]

예상대로 댓글이 달려 있었다.

"후우!"

규현은 심호흡을 했다. 댓글이 달려 있는 것으로 보아 이미 결과는 나왔다. 이제 결과를 확인하는 일만 남았다. 마우스를 움직이는 손이 처절하게 떨리고 모니터를 주시하는 두 눈동자 또한 불안하게 떨린다. 규현은 극도의 긴장감을 이겨내고 게시글을 클릭했다. 그리고 댓글을 확인했다.

[안녕하세요, 작가님. 오성 북스 편집팀입니다. 우선 오성 북스에 작가님의 소중한 원고를 이렇게 보내주신 점은 정말 감사하게 생각하고 있습니다.

보내주신 작품, '검은 눈의 사신'은 검은 눈의 사신이 타락한 자들을 심판하는 흥미로운 이야기였습니다. 다만 저희 출판사와는 작품의 방향성이 다르다고 생각합니다. 투고 감사드리며, 앞으로도 더 좋은 작품을 집필하시길 기원합니다.]

결과는 처참했다.

대충 보면 작품을 칭찬하는 듯 보였으나, 본론을 읽는 순간 힘이 쭉 빠질 수밖에 없었다.

규현은 두 눈에 차오르는 눈물을 억지로 집어 삼키며 스마트폰을 집어 들었다.

아직 마지막… 정말 마지막 보루가 남아 있었다. 바로 얼마 전에 원고를 보낸 매니지먼트 파란책, 그곳이 마지막 희망이었다. 규현은 신께 기도하며 파란책 편집자에게 전화를 걸었다.

—안녕하십니까, 파란책입니다.

"안녕하세요. 저 원고 투고 담당자와 연결해 줄 수 있으신가요?"

—작가님이세요?

"네."

—실례지만 성함이나 필명을 알려주실 수 있으신가요?

이름이나 필명을 묻는 말에 규현은 쉽게 입을 열지 못했다. 다른 출판 작가들이라면 자랑스럽게 이름이나 필명을 말했을 것이다. 자신의 이름과 필명에 자신이 있을 테니까. 하지만 그들과 달리 규현은 자신의 이름과 필명에 자신이 없었다. 초라한 판매량과 엄청난 반품률이 그를 작아지게 만들었기 때문이었다.

"정규현입니다. 필명도 같습니다."

—아… '대마법사 레이드 간다!' 작가님이신가요?

"네, 그렇습니다."

규현의 목소리가 조금 밝아졌다. 자신의 작품을 알고 있다는 사실에 이름도 모르는 직원에 대한 호감도가 증가했다.

─원고 투고 담당하시는 분이 지금 자리를 비우셨네요. 나중에 다시 연락드리겠습니다.

그리고 연락은 오지 않았다.

절망의 연속이었다. 창밖에서 추적추적 내리는 비가 우울한 규현의 심정을 대변해 주고 있었다.

"아직 마지막 희망이 있어."

규현은 혼자 중얼거리며 인터넷 소설 연재 사이트인 '문학 왕국'에 접속했다. 아이디와 비밀번호를 입력하고 로그인을 하니 규현이 연재하는 작품 목록이 활성화되었다. 규현은 마우스를 움직여 문학 왕국에서 연재 중인 작품 '푸른 사신'을 클릭했다.

6화까지 올렸는데, 4화 이후로 조회수가 절반 이상 뚝 떨어져 있었다. 도대체 왜 이런 현상이 나타나는 것인지 규현은 이해할 수 없었다.

"도대체 뭐가 문제야?"

규현은 스스로에게 질문하며 4화를 클릭했다. 댓글을 확인하면 조회수 하락의 원인을 파악할 수 있을 것 같다고 생각했기 때문이었다.

테일러 블랙: 작가님의 소설이 재밌어서 읽고 있었는데, 이런 전개는 아니라고 봅니다.

대마법사 리안: 하차합니다.

다른 댓글들도 마찬가지였다. 4화에서 하차를 선언하는 독자들이 다수 있었다. 규현은 몇 번이나 4화를 읽어보았지만 문제점을 찾을 수 없었다. 그는 결국 도움을 받기로 결정하고 문학 왕국의 커뮤니티에 들어가 글을 썼다. 그곳은 작가들도 많이 찾는 곳이었다.

칠흑팔검: 전체적으로 밋밋하네요. 물 탄 소주 같은 느낌이에요.

문학 왕국 월간 베스트 만년 2위에 빛나는 칠흑팔검 작가가 그의 글에 댓글을 달았다.

칠흑팔검 작가의 댓글을 확인한 규현은 신경질적으로 인터넷 창을 닫았다.

컴퓨터를 끄고 멍하니 앉아 있으니 얼마 지나지 않아서 스마트폰이 요란하게 울렸다.

"아!"

리디스 미디어? 아니면 파란책?

혹시나 하는 심정으로 스마트폰을 들어 올려 화면을 확인했지만 전화를 건 사람은 리디스 미디어도, 파란책도 아니었다. 규현의 오랜 친구 김현석이었다.

"무슨 일이야?"

기분이 좋지 않았기 때문에 규현의 목소리엔 날이 서 있었다.

─술 한잔하자. 나와.

"어디로 나가면 되냐."

평소였다면 돈이 없다는 핑계로 거절했을 것이다. 하지만 오늘은 규현 또한 술을 마시고 싶었기 때문에 현석의 제안을 흔쾌히 수락했다.

현석으로부터 약속 장소와 시간을 전달받은 규현은 주섬주섬 옷을 입었다. 아직 약속 시간까지 여유가 있어서 서두르지는 않았다.

옷을 다 챙겨 입은 규현은 가까운 지하철역으로 향했다.

장르 소설이 가벼운 취미거리로 널리 퍼져 있어서 그런지 지하철 안에서 종이책을 읽거나 스마트폰으로 인터넷 연재 사이트를 둘러보는 사람이 많았다.

주변을 둘러보던 규현은 자신이 처음으로 출판했던 '붉은 눈의 화약 보병'을 읽고 있는 남자를 발견할 수 있었다.

누군가 자신의 책을 읽다니! 감격 그 자체였다.

규현은 본능적으로 그 남자에게 가까이 접근했고, 남자가 옆자리의 친구와 나누는 대화를 들을 수 있었다.

"처음 보는 책이네? 재밌어?"

"아니, 진짜 재미없다. 보지 마라. 눈 버린다."

그렇게 말하며 남자는 책을 덮었고 규현은 고개를 푹 숙인 채 옆으로 물러났다. 목적지에 도착했다는 안내 방송에 규현은 애써 기운을 차리고 열차에서 내렸다. 약속 장소에 도착하니 김현석 외에도 한 명이 더 있었다.

"오랜만이다. 소설 잘 팔리냐?"

그렇게 말하며 빈정대는 것처럼 입가를 씰룩이는 그는 서울의 명문대 문예창작과에 재학 중인 엘리트 강석현이었다. 남을 쉽게 깔보는 성격 때문에 규현과는 별로 친하지 않았다. 그래서 규현은 말없이 현석을 노려보았다. 규현의 날카로운 시선을 느낀 현석은 턱을 쓰다듬었다. 그러고는 삼겹살 전문 식당에 들어갈 것을 재촉하며 먼저 문을 열고 들어갔다. 사실 현석도 석현을 데리고 오고 싶지 않았다. 그런데 규현이 온다는 사실을 안 석현이 집요하게 따라왔기 때문에 어쩔 수 없었다.

삼겹살 전문 식당에 들어가기 무섭게 뜨거운 열기가 규현을 덮쳤다. 규현과 현석 등은 빈자리를 찾아가 앉았다. 주문이 끝나고 삼겹살이 불판 위에 먹음직스럽게 구워졌다. 그들은 한동안 시시한 근황 등을 풀어놓으며 술과 고기를 먹었다. 하지만 곧 주문한 삼겹살이 바닥을 드러내자 3인분을 더 시켰다. 새로 주문한 삼겹살이 식탁에 놓이는 순간 석현이 비릿한 미소를 지으며 입을 열었다.

"돈 번다고 휴학했다면서? 그래, 얼마나 벌었냐."

"별로 못 벌었어."

규현의 대답에 석현의 입꼬리가 더욱 올라갔다.

"설마 한 달에 100만 원도 못 번 것은 아니겠지? 야, 너 진짜 그러면 문제 있다. 차라리 알바를 뛰어, 이 자식아."

석현의 매도에 규현은 죄인이라도 된 것처럼 고개를 들지 못했다. 화가 나지 않는 것은 아니었다. 다만, 바보같이 속으로 삭히며 참고 있을 뿐이었다. 싸움이 크게 번질 경우 합의금을 지불할 돈이 그에겐 없었다. 이런 '사소한' 일로 부모님께 다시 손을 벌리는 건 싫었다.

"나 간다."

규현은 자리에서 일어났다. 그것은 규현이 할 수 있는 최대의 저항이었다.

"짜식, 돈 이야기 했다고 삐진 거냐?"

"안 삐졌어. 그냥 피곤해져서 그래. 가서 글도 써야 하고."

"많이 힘들면 우리 아버지한테 너 써달라고 말해볼까?"

석현이 규현의 속을 긁었다.

"너네 아버지 출판사는 순수 문학이잖아. 난 그런 거 못해."

규현이 대답했다. 석현의 아버지는 순수문학을 출판하는 작은 출판사를 하고 있었다. 그는 규현이 순수문학은 쓰지 못한다는 것을 알고 일부러 비꼬듯이 말한 것이다.

"나 진짜 간다."

"규현아!"

규현은 현석의 부름을 뒤로한 채 집으로 향했다.

이미 밤이 찾아온 늦은 시간. 이유는 알 수 없었지만 오랜 시간 동안 횡단보도의 신호등이 초록색으로 바뀌지 않았다. 답답함을 느낀 규현은 무심코 발걸음을 옮겼다. 그는 무서운 속도로 달려오는 트럭을 미처 보지 못했다. 트럭 운전수 역시 제정신이 아니었다. 한순간의 방심은 거대한 재앙이 되어 규현을 덮쳤다. 규현이 트럭을 발견했을 땐 이미 늦고 말았다.

쾅!

규현의 몸이 트럭에 치였다. 그는 비명조차 지르지 못한 채 하늘로 떠올랐다. 붉은 피가 도로에 흩뿌려진다. 힘없이 추락한 규현의 몸이 도로 위에 나뒹굴고 사람을 친 뒤에서야 정신을 차린 운전수는 하얗게 질린 얼굴로 119에 전화를 걸었다.

　　　　　*　　　　　　*　　　　　　*

　병원에서 퇴원한 규현은 도서 대여점으로 향했다. 한 달의
입원 기간 동안 나온 신간을 확인하기 위해서였다.
　규현의 취미는 장르 소설 읽기. 작가로서 그는 시장 조사
도 꼼꼼히 하는 편이었다.
　"안녕하세요."
　"정 작가님, 그동안 안 보이던데?"
　대여점 사장의 넉살에 정규현은 입가에 미소를 머금고 입
을 열었다.
　"일이 있었어요. 그것보다 신간 재밌는 거 있어요?"
　"물론. 이거 한번 읽어봐. '검은 새벽의 네크로맨서'라고 아
주 평이 좋아."
　대여점 사장이 책장에서 꺼내 준 받아 드는 규현.
　그 순간 그의 눈에 푸른색의 창이 떠올랐다.

[검은 새벽의 네크로맨서]
분류: 판타지.
종합 등급: A.
30일 뒤 예상 반품률: 30%

[정현도]
종합 등급: S.

    소설 제목과 그 소설을 집필한 작가에 대한 정보가 스탯 창으로 보였다.

2장

인기 작가 정규현

　규현은 소설에서나 봤던 스탯창의 등장에 깜짝 놀랐다. 그는 책을 빌릴 생각은 당연히 하지도 못하고 원룸으로 돌아왔다. 원룸에 돌아온 그는 소장 중이던 다른 책들을 살펴봤고 아까와 마찬가지로 스탯창이 보였다. 꿈이 아닌가 싶어 뺨을 때려보았지만 아픔이 느껴지는 것으로 보아 꿈은 아니었다.

　'소설의 등급을 채점한 것인가.'

　규현도 바보는 아니었기 때문에 스탯창에 나타나는 등급이 그 소설과 작가를 평가하는 기준이라는 것을 알 수 있었다.

"혹시 인터넷 연재도?"

종이책의 등급이 보이는 것으로 보아 인터넷 연재 작품들의 등급도 보일지도 모른다. 규현은 즉시 컴퓨터를 켰다. 그리고 문학 왕국에 접속했다. 가장 먼저 생각나는 작품과 작가는 자신에게 조언을 해주었던 칠흑팔검과 그의 작품이었다. 칠흑팔검 이름으로 검색하고 마우스 커서를 옮기자 스탯창이 떠올랐다.

[칠흑검존]
분류: 무협.
종합 등급: B.
30일 뒤 예상 24시간 구매수: 약 1만.

[칠흑팔검]
종합 등급: A.

예상대로 높은 등급이었다. 다만 종이책과 조금 다른 부분이 있었는데, 30일 뒤 예상 반품률이 예상 24시간 구매수로 바뀌어 있었다.

지금까지 분석한 결과 대부분의 작품이 저자에 비해 등급이 낮았다. 물론 등급이 같은 경우도 있었지만 작가 등급보다 작품 등급이 높은 경우는 없었다. 그 점을 짐작해 볼 때, 작가 등급은 쓸 수 있는 최대한의 작품 등급을 말하는 것 같았다.

칠흑팔검의 전작들을 확인해 보아도 A급보다 높은 등급의 작품은 없었다.

"그러고 보니 내 등급이 궁금해지네."

다른 작가들과 작품들의 등급을 살피다 보니 문득 궁금해 졌다. 규현은 자신의 작품을 검색해 보았다.

[대마법사 레이드 간다!]

가장 최근에 연재했던 작품이 가장 먼저 노출되었다. 마우스 커서를 가져가니 예상대로 스탯창이 떠올랐다.

[대마법사 레이드 간다!]
분류: 현대 판타지.
종합 등급: E.
30일 뒤 예상 24시간 구매수: 100 이하.

"처참하군."

처참한 등급에 규현은 할 말을 잃었다. 예상했지만 막상 눈으로 확인하니 가슴이 갈가리 찢어지는 것 같은 기분이었다.

"작가 등급을 확인해 볼까."

눈동자를 아래로 내린다. 작품 등급이 너무나 처참했기 때문에 작가 등급은 기대도 하지 않았다.

하지만 규현은 방금 전과는 다른 의미로 할 말을 잃었다. 전혀 예상하지 못한 수치였다. 등급을 확인한 규현은 기쁨도 잠시, 의문에 휩싸였다.

작가 등급은 상당히 높은데 작품 등급이 더럽게 낮은 이유는 무엇일까?

잠깐의 고민 끝에 규현은 작가 등급이 작품 등급과 달리 잠재 능력을 말해주는 것일지도 모른다고 생각했다. 어쩌면 작가 등급은 그 작가가 최종적으로 도달할 수 있는 마지막 경지를 말해주는 것일지도 몰랐다. 그렇다면 노력할 필요가 있었다. 죽기 하루 전에 그 경지에 오른다면 허무할 테니까.

"그래! 나는 재능이 있어!"

규현은 크게 고무되었다.

"신작을 쓰자!"

그는 너무 기쁜 나머지 정신 나간 사람처럼 혼자 떠들며 컴퓨터 앞에 앉았다. 집필 의욕이 넘치고 있었다. 지금이라면 A급 소설을 써낼 수 있을 것 같았다.

소재와 줄거리는 평소 생각해 둔 게 있었기 때문에 시놉시스는 금방 구성되었고 자세한 설정과 1권의 콘티까지 완성되었다. 규현은 빠른 속도로 프롤로그를 완성한 후 짤막한 소개글과 함께 문학 왕국에 작품을 등록했다. 그리고 등록이 끝나기 무섭게 커서를 가져갔다.

[투명 오우거 전기]
분류: 판타지.
종합 등급: F.
30일 후 예상 24시간 구매 수: 10 이하.

처참했다. 작가 등급은 여전히 같은 등급을 유지하고 있었지만 평소 참신하다고 생각해 온 소재를 바탕으로 쓴 작품은 F급이었다.

지금까지 많은 작품을 살펴본 결과, 최하는 아마도 F급으로 추정되었다. 자신만만하게 내놓은 소설이 F급 판정을 받은 것이다. 규현은 속으로 작게 욕설을 내뱉었다. 그리고 실험 삼아 아무렇게나 프롤로그를 쓰고 작품을 올려보았다. 그리고 정보를 확인했다.

[테일러 블랙 레이드 간다!]

분류: 현대 판타지.

종합 등급: C.

30일 뒤 예상 24시간 구매 수: 약 150.

"C?"

놀랍게도 지금까지 규현이 출판했던 모든 작품 중에 가장 높은 등급이 나왔다. 30일 뒤 예상 구매 수가 적은 편인 것을 보아 아마도 C급 정에서도 낮은 수준인 듯했지만 규현에게 중요한 것은 그것이 아니었다. C등급 판정을 받았다는 사실이 중요했다. 규현은 가능성을 보았다. 필요한 것은 시간이었다.

＊   ＊   ＊

일주일 동안 규현은 외출을 최대한 자제하면서 없는 돈을 털어 출판 작품 중에서 인기를 끈 작품들과 문학 왕국 순위권 작품들을 읽었다. 당연히 그냥 읽기만 한 게 아니었다. 댓글을 일일이 확인하면서 독자들의 반응을 살폈다. 트렌드를 파악하기 위해 노력했고 독자들에게 통하는 문체를 파악하기 위해 노력했다.

일주일 동안 잘 먹히는 문체와 트렌드 파악에 모든 것을 쏟아부은 규현은 다시 컴퓨터 앞에 앉았다. 그리고 떠올렸다. 유행하는 소재와 전개, 그리고 문체를! 그리고 그 모든 것을 쏟아부어 하나의 작품을 완성했다.

"확인해 볼까."

새롭게 시작하자는 마음으로 필명을 새롭게 했다. 작품 등록이 끝나고 운명의 시간이 다가왔다. 규현은 마우스를 움직였다. 마치 돌덩이를 움직이는 것처럼 힘들었다.

[귀환 황제 전기]
분류: 현대 판타지.
종합 등급: B.
30일 뒤 예상 24시간 구매 수: 약 3,000.

놀라운 변화였다. 문체를 조금 바꾸고 대중적인 소재를 사용한 것만으로 B급 판정을 받았다. 다만 같은 급인 칠흑 검존에 비해서 예상 구매 수는 한참 떨어졌다.

"작가 정보가 바뀌었네."

작가 정보가 새로 등록한 필명으로 바뀌어 있었다.

연재를 할 것인가, 다시 시도를 할 것인가.

규현은 고민했다. 하지만 고민은 길지 않았다. 그는 연재를 결정했고 문서 작성 프로그램을 켜서 프롤로그 다음의 이야기, 1화를 쓰기 시작했다.

다음 날 아침, 전날 밤에 2화까지 분량을 확보한 규현은 여유롭게 침대에서 일어났다. 물을 한 잔 마신 규현은 습관적으로 컴퓨터를 켰다. 그리고 당연하다는 듯 문학 왕국에 접속했다.

선호작 수치나 확인해 볼까.

규현은 복잡한 마음으로 '내 작품' 메뉴를 클릭했다.

[귀환 황제 전기]
분류: 현대 판타지.
선호작: 58.

선호작 수치가 50을 넘어 있었다.

1편, 아니, 프롤로그에서 선호작 수치가 50을 넘긴 적은 처음이었다. 그냥 50도 아니고 60에 가까운 수치에 규현은 흥분할 수밖에 없었다. 살면서 이렇게 기쁜 적은 없었다.

[귀환 황제 전기]
분류: 현대 판타지.
선호작: 59.

새로 고침을 하니 그새 선호작 수치가 1 증가하여 있었다.

'기뻐하긴 아직 일러. 유행하는 전개를 좀 더 확실히 파악해 둘 필요가 있다.'

규현은 속으로 생각하며 고개를 끄덕였다. 그는 유행하는 전개를 확실히 파악하기 위해 문학 왕국에 연재 중인 다른 작품들의 스탯과 내용도 확인하기 시작했다. 귀환 황제 전기 프롤로그를 작성하기 전에 확인했던 작품들은 주로 베스트에 오른 것들이었지만 이번에 확인하는 작품들은 대부분 아직 베스트에 들지 못한 채 20편 이상을 연재 중인 것들이었다.

인기가 없는 전개를 파악하고 피해가기 위해서였다. 약 3시간 정도의 시간을 투자한 끝에 규현은 반드시 피해야 할 전개에 대해 대충 가능할 수 있었다. 다만, 그 외에도 새로운 사실을 알게 되었는데 인기가 없고 20편 이상 연재된 작품들 중에 생각보다 스탯이 높은 게 많았다는 것이다. 그리고 그 작품들은 모두 매니지먼트나 출판사와 계약을 맺지 않은 작품들이었다.

반대로 스탯에 비해 인기를 끄는 작품들도 있었다. 이 경우 출판사나 매니지먼트의 적극적인 홍보로 독자들에게 어필된 작품들이었다.

"매니지먼트나 출판사의 접촉을 기다려야 하나."

규현이 중얼거렸다. 귀환 황제 전기의 스탯은 문학 왕국 투데이 베스트에 충분히 들 수 있을 정도였지만 높은 순위를 차지하기 위해선 출판사 또는 매니지먼트의 적극적인 홍보가 필요할 것 같았다.

그런데 어떻게 해야 매니지먼트나 출판사에서 컨텍이 오는 것일까?

규현은 기성 작가였지만 전혀 몰랐다. 컨텍을 받아본 적이 없었기 때문이었다. 리디스 미디어와의 악연도 원고 투고로부터 시작된 것이었다.

규현은 정보를 얻기 위해 문학 왕국 작가 커뮤니티에 글을 올려보았지만 새로 만든 계정이라 그런지 쉽게 댓글이 달리지 않았다. 결국 그는 평소 가끔 접속했던 소설 커뮤니티에 정보를 얻기 위해 접속했다.

백시광: 농담하시는 거죠? 님 필력으로는 죽어도 컨텍 못 받아요.

백시광이라는 닉네임을 사용하는 유저가 악플에 가까운 댓글을 남겼다. 규현은 이를 악물었다.

반박하고 싶었지만 그러기엔 백시광이라는 닉네임을 쓰는 작가는 문학 왕국에서 너무나 잘나가는 작가였다. 종합 등급 A에 월간 베스트 3위에 빛나는 작품을 연재하는 백시광 작가가 바로 그였으니까.

10분의 간격을 두고 몇 번의 글을 더 올려보았지만, 필명을 세탁하지 않은 소설 커뮤니티의 반응은 차갑기만 했다.

"씨발, 더러워서 더는 못 하겠다."

결국 규현의 인내심이 먼저 바닥나고 말았다. 그는 신경질적으로 책상을 걷어찼다. 그때 책 한 권이 떨어졌다. 영어로 된 책이었다. 영어영문학과인 그는 원서도 어느 정도 읽을 수 있었다.

'원서도 스탯이 보이려나?'

규현은 호기심과 함께 원서를 들어 올렸다.

[스물아홉 번째 범인]
분류: 추리.
종합 등급: S.
30일 뒤 예상 판매 부수: 약 900만 부.

[아돌프 슐츠]
종합 등급: S.

스탯이 보였다. 보기 좋게 한글로 번역까지 되어 있었다.

스탯을 확인한 규현을 책을 책꽂이에 꽂았다. 그리고 열심히 글을 쓰기 시작했다. 성공을 위해.

*　　　　　*　　　　　*

[귀환 황제 전기]
분류: 현대 판타지.
선호작: 628.

'귀환 황제 전기'는 순항하고 있었다. 5화만에 선호작 수치가 600을 넘는 기염을 토해냈다. 동시에 작은 매니지먼트 두 곳과 괜찮은 출판사 한 곳에서 계약 제의도 받았지만 규현은 거절했다. 종합 등급 B급의 스탯을 가지고 있는 귀환 황제 전기는 작은 매니지먼트와 계약을 할 정도의 작품이 아니었다. 소규모 매니지먼트와 계약을 할 경우 오히려 계약을 하지 않은 것만도 못하다.

규현이 노리는 곳은 따로 있었다. 바로 문학 왕국에서 가장 공격적인 마케팅 방법을 사용하는 판타지 제국이었다. 매니지먼트 겸 출판사인 판타지 제국은 문학 왕국 메인에 자사와 계약한 작품들을 많이 노출시켜 주는 것으로 유명했다.

유명한 만큼 눈이 높은 것인지 귀환 황제 전기의 선호작 수치가 제법 높은 편임에도 불구하고 계약 제의가 들어오지 않고 있었다.

"조금만 더 기다려 보자."

규현은 조금만 더 기다려 보기로 했다. 현재 귀환 황제 전기는 순항 중이었다. 계약 제의도 꾸준히 들어오고 있으니 여유를 가져볼 법했다. 문학 왕국 사이트를 잠시 내려두고 글쓰기에 집중하는 규현. 얼마 지나지 않아서 스마트폰 벨소리가 울리기 시작했다. 확인해 보니, 리디스 미디어 담당 편집자였다.

"여보세요?"

─작가님, 지금 통화 가능하시겠죠?

"예, 가능합니다."

─제가 바쁘니, 본론만 이야기하겠습니다. 왜 원고 안 보내셨죠?

리디스 미디어의 담당 편집자 강주석은 규현의 대답이 끝나기 무섭게 본론을 토해냈다. 저번의 1만 자 원고를 말하는 것 같았다.

"시간이 없어서 쓰지 못했습니다."

규현이 대답했다. 그는 많이 달라져 있었다. 과거였다면 죄송하다고 말하며 다 써서 보냈을 것이다. 아니, 애초에 죄송하다는 말을 할 일이 없도록 했을 것이다.

—작가님, 이런 식으로 나오시면 계약을 진행하기 힘듭니다. 작가님도 저희와 계약하고 싶으시잖아요.

주석의 말을 들으며 규현은 무의식적으로 문학 왕국 사이트를 켜서 쪽지함을 확인했다. 새로운 쪽지가 도착해 있었다.

[안녕하세요, 수호자 작가님. 판타지 제국입니다.]

놀랍게도 판타지 제국에서 보낸 쪽지였다. 확인해 보니 확실한 계약 제의였다. 규현은 미소를 지었다.

"아뇨."

—네? 작가님. 무슨 말씀이세요?

"계약할 생각 없다고요."

규현의 목소리에서 여유가 넘쳐흘렀다. 판타지 제국의 계약 제의를 받은 지금, 규현은 두려울 게 없었다.

—작가…….

더 들을 필요도 없었다. 규현은 전화를 끊었다. 그러고는 미친 듯이 웃었다. 사소하지만 그동안 당한 게 많았던 출판사에 한 방 먹인 것 같아서 기분이 좋았다. 다시 전화가 왔지만 규현은 무시했다. 그리고 판타지 제국에서 보낸 쪽지에 적혀 있는 번호로 전화를 걸었다.

―네, 판타지 제국 기획팀장 차병호입니다.

"쪽지 보고 연락드렸습니다."

규현은 긴장감을 애써 삼킨 채 말했다.

―아, 필명이 어떻게 되시죠?

"수호자입니다."

―아! 수호자 작가님이셨군요!

기획팀장 차병호의 목소리가 밝아졌다. 전화가 오기를 기다리고 있었던 것 같았다. 규현은 떨리는 마음을 진정시키며 입을 열었다.

"계약 관련해서 이야기를 나누고 싶습니다."

―작가님, 댁이 어디시죠? 제가 근처로 가겠습니다.

적극적이었다. 돌이켜 보니 리디스 미디어와 처음 계약을 맺을 때, 규현은 직접 출판사까지 찾아갔었다. 게다가 찾아간 걸로도 모자라 직원이 약속 시간을 착각하는 바람에 2시간이나 기다려야만 했었다. 기억하고 싶지 않은 옛일을 애써 지운 채 규현은 주소를 말해주었고, 병호는 근처에 도착하면 다시 전화를 주겠다고 말했다.

근처 카페에 도착했다는 병호의 전화를 받은 규현은 가벼운 외투를 입고 밖으로 나갔다. 병호가 규현의 집에서 아주 가까운 곳에 있는 카페까지 와준 덕분에 그는 버스나 택시를 탈 필요도 없었다. 5분 정도 걷자 병호가 있는 카페에 도착할 수 있었다.

사람이 많은 카페에서 얼굴도 모르는 사람을 찾는 것은 쉬운 일이 아니었기 때문에 스마트폰을 들어 올려 전화를 걸었다. 그리고 규현은 눈동자를 빠르게 움직여 스마트폰을 들고 있는 남자를 찾아 나섰다. 이윽고, 비교적 구석진 자리에 앉아 있는 남자가 스마트폰을 들고 있는 것을 확인할 수 있었다

"혹시, 기획팀장님이신가요?"

가까이 다가간 규현이 조심스럽게 물었다.

"아, 수호자 작가님?"

병호가 자리에서 일어났다. 규현이 고개를 끄덕이자 그는 악수를 청했다.

"반갑습니다. 판타지 제국 기획팀장 차병호라고 합니다."

악수가 끝나기 무섭게 병호는 자신에 대해 다시 한번 소개하면서 명함을 건넸다. 명함을 대충 살펴본 규현은 지갑에 그것을 조심스럽게 넣었다.

"차 한 잔 하시겠어요?"

"네, 좋죠. 아이스티로 부탁드릴게요."

"네."

병호는 카운터에서 아이스티를 주문했다. 그리고 얼마 지

나지 않아서 아이스티가 나왔다. 그것을 받아 든 규현은 병호와 함께 자리로 이동했다.

"정말 한번 뵙고 싶었습니다. 귀환 황제 전기를 읽는 순간, 독자가 아닌 편집자로서 작품을 더 크게 발전시켜 보고 싶다는 생각이 들었습니다."

자리에 앉기 무섭게 병호가 말했다. 속이 보이는 말이었지만 기분은 좋았다. 병호는 규현을 칭찬하는 말을 이어갔고 두 사람은 귀환 황제 전기에 대해 많은 이야기를 나누었다. 아이스티가 바닥을 보일 때쯤 병호는 슬슬 계약 이야기를 꺼낼 생각인지 가방에서 계약서를 꺼내 테이블 위에 올렸다.

"저희와 계약 맺으실 거죠?"

병호의 목소리에서 자신감이 넘쳤다. 당연히 규현이 계약할 것이라고 생각하는 듯했다.

"계약 조건 말해주세요."

규현이 말했다. 계약 전에 조건을 꼼꼼히 확인하는 것은 상당히 중요했다. 리디스 미디어와 계약했을 때는 종이책 계약을 한다는 것에 너무 들떠서 제대로 확인도 하지 않고 계약을 맺었다. 덕분에 인세 6%에 권당 선인세도 적은, 사실상의 노예 계약을 하고 말았었다. 실수는 한 번으로 충분했다.

"아차차, 내 정신 좀 봐. 정말 죄송합니다. 우선 저희는 전자책 및 유료 연재를 메인으로 하고 있습니다. 인기가 많으면 물론 종이책으로도 출간될 예정입니다."

규현은 고개를 끄덕였다. 최근에는 종이책 시장보다 전자책 및 유료 연재 시장이 흥하고 있었다. 최근 종이책 시장은 수익에 비해 위험성이 너무나 컸다. 과거와는 달리 지금 규현은 종이책에 대한 환상이 깨진 상태였다. 그리고 종이책을 안 내준다는 것은 아니다. 인기를 충분히 얻으면 판타지 제국에서도 종이책으로 출간해 줄 것이다.

"정산 비율은요?"

규현이 물었다. 정산 비율도 중요했다.

"문학 왕국을 포함 모든 플랫폼 6 : 4 입니다."

"그렇군요."

내심 7 : 3 을 기대했지만 아쉽게도 6 : 4 였다. 다만 5 : 5였던 리디스 미디어와 비교해 볼 때 좋은 조건이라고 볼 수 있었다.

"혹시 선인세는 있습니까?"

보통 전자책 및 유료 연재 계약에선 선인세를 주지 않는 경우가 많지만 최근에는 지급하는 출판사나 매니지먼트도 늘어나고 있었다. 일단은 규현도 여러 커뮤니티에 가입되어 있었기 때문에 여러 정보를 입수할 수 있었다.

"얼마를 원하시나요?"

병호가 두 눈을 반짝이며 물었다. 규현은 쉽게 대답하지 못했다. 선인세 금액은 늘 출판사에서 정해주었지 자신이 정하는 건 처음이었다.

여기서 신중해야 한다. 선인세는 달콤한 독과도 같다. 불로소득처럼 느껴지지만 사실은 받을 돈을 미리 받는 것에 불과했다.

"300만 원이요."

병호는 미소를 지었고 침묵이 감돌았다. 규현은 너무 큰 금액을 불렀나 싶어 정정하기 위해 입을 열려고 했지만 병호가 조금 더 빨랐다.

"좋습니다. 300만 원 드리죠. 한데 차기작도 계약하실 거죠? 차기작도 계약하시면 600만 원을 입금시켜 드리겠습니다."

병호가 솔깃한 제안을 해왔다. 차기작까지 계약하면 600만 원. 규현의 눈동자가 지진이라도 일어난 것처럼 흔들렸다. 하지만 그는 곧 평정을 되찾았다. 지금은 성장하는 단계였다. 차기작은 더 좋은 조건으로 계약할 수 있을 수도 있었다.

"우선은 귀환 황제 전기만."

"알겠습니다."

병호는 조금 아쉬운 얼굴로 필요한 내용을 작성한 뒤, 계약서를 건넸다. 규현은 펜을 꺼내 필요한 내용을 쓰고 사인을 했다. 계약이 성사되었다. 이것으로 규현의 작품 귀환 황제 전기는 판타지 제국의 지원을 받게 되었다.

계약이 성사되고 집으로 향하는 길. 규현은 소설 커뮤니티에 선인세로 300만 원을 받았다는 사실을 올려보았다.

티미: 님, 꿈꾸심?

게이왕자: 여름 더위 선인세로 받아먹은 듯.

아재왕국피난민: ㅋㅋㅋ 니 필력을 다 아는데 어디서 거짓말이야.

반응은 뜨거웠다. 좋지 않은 의미로.

하지만 그동안 작품 활동을 하면서 욕을 먹고 단련된 규현의 멘탈에 조금의 손상도 입히지 못했다. 규현은 의미를 알 수 없는 미소를 지은 채 집으로 향했다.

＊　　　　　　＊　　　　　　＊

[귀환 황제 전기]

분류: 현대 판타지.

선호작: 1,528.

11화를 올리고 난 뒤의 선호작 수치였다. 신규 베스트 20위권에 들어가니 선호작 수치는 상당히 빠르게 상승하고 있었다. 아직 표지가 나오지 않아서 문학 왕국 배너에 올라가지 않았지만 귀환 황제 전기는 빠른 속도로 성장하고 있었다. 그 모습에 규현의 입가에 미소가 그려졌다.

"이제 배너에 올라가면 더 상승하겠군."

규현은 입가에 미소를 머금은 채 댓글을 확인하기 위해 마우스를 움직였다. 작품이 인기를 얻으면서 댓글도 많이 달리기 시작했다. 그중에는 악플도 섞여 있었지만 과거의 작품들에 비하면 악플은 상당히 적은 편이었기 때문에 행복하게 웃어넘길 수 있었다.

댓글 확인이 끝난 순간, 규현은 쪽지 한 통이 온 것을 확인할 수 있었다.

"계약 제의인가."

판타지 제국과 계약을 맺었지만 아직 판타지 제국 로고가 들어간 표지가 올라가지 않았기 때문에 크고 작은 곳에서 계약 제의가 몇 번 더 왔었다. 독자가 쪽지를 보내는 일은 거의 없었으므로 당연히 계약 제의일 것이라 생각한 규현은 읽어보기나 하자는 마음가짐으로 쪽지함을 클릭했다.

[안녕하세요, 리디스 미디어입니다.]

규현의 입가에 소름끼치도록 싸늘한 미소가 그려진다. 규현은 귀환 황제 전기를 쓰기 위해 필명을 바꾸었다. 그래서 리디스 미디어는 수호자라는 필명을 쓰는 귀환 황제 전기의 작가가 규현이라는 사실을 모른 것이다.

쪽지 마지막에는 강주석의 전화번호가 적혀 있었지만 그것을 볼 필요도 없이 규현은 스마트폰 주소록에서 강주석을 찾아 전화를 걸었다.

"강 대리, 전화 안 받아?"

진동과 함께 벨소리를 뱉어내는 스마트폰을 보며, 주석의 동료 직원이 물었다. 문서 작업에 집중하고 있던 그는 다시 한번 스마트폰을 확인했다. 정규현 작가라고 화면에 적혀 있었다.

"받을 필요 없어. 정규현 작가거든."

그렇게 말하는 주석의 얼굴엔 귀찮은 기색이 역력했다.

"정규현 작가였어? 그러면 굳이 받을 필요는 없겠네."

주석의 말에 바로 납득하는 동료 직원의 모습에서 리디스 미디어에서 규현을 어떻게 생각하고 있는지 알 수 있었다.

"그나저나, 수호자 작가한테 쪽지는 보냈어?"

"보냈지. 확인도 한 것 같은데. 아직 답이 없어."

우습게도 방금 전까지 규현에 대해 이야기하고 있던 두 사람은 또다시 규현에 대한 이야기를 하기 시작했다. 물론 수호자라는 필명으로 활동 중인 작가가 규현이라고는 생각도 못 하고 있었다.

"아마 다른 매니지먼트와 출판사에서도 쪽지를 보냈을 거야. 아마 벌써 계약을 했거나, 상황을 지켜보고 있겠지."

동료 직원이 의견을 내놓았다. 귀환 황제 전기 정도라면 다른 곳에서도 눈여겨보고 있을 것이다.

"가능하면 우리 쪽으로 왔으면 좋겠는데. 오늘 팀장님이 문학 왕국 인기작을 최대한 확보하라고 하셨잖아."

말을 마치며 주석은 관자놀이를 손가락으로 눌렀다. 머리가 아파오는 게 느껴졌다. 그 모습에 동료 직원은 고개를 저었다.

"하지만 힘들지. 고생이 많다. 힘내라, 강 대리."

"내가 정규현 작가의 원고만 통과시키지 않았어도 팀장님한테 찍히지는 않았을 텐데."

주석은 규현을 언급하며 이를 악물었다. 규현과 계약을 하고 그의 연이은 실패로 인해 기획팀장은 주석을 좋게 보지 않고 있었다. 기획팀장도 원고를 확인했었고 무엇보다 피드백을 잘하지 못한 주석의 책임도 있었으나 동료 직원은 입을 다물었다. 사소한 이야기와 규현에 대한 뒷담화를 조금 나누고 동료 직원은 자신의 자리로 돌아갔고 주석은 다시 컴퓨터 모니터로 시선을 옮겼다.

"어라?"

쪽지함에 새로운 쪽지가 도착해 있었다. 수호자 작가가 보낸 쪽지였다.

*   *   *

전화를 받지 않자 규현은 리디스 미디어에 쪽지를 보냈다. 만날 장소와 시간을 정해 달라는 내용이었다. 쪽지를 보내기 무섭게 답장이 도착했다. 몇 번의 쪽지를 주고받으면서 시간과 장소를 정한 규현은 입가에 미소를 머금은 채 의자 등받이에 몸을 기댔다. 당연한 이야기지만 계약할 생각은 없었다. 그냥 얼굴만 비추고 올 생각이었다.

한참 썩은 미소를 짓고 있을 때, 전화가 걸려 왔다. 순간 리디스 미디어에서 부재중 전화를 확인하고 전화를 걸었나 싶었지만 아니었다.

"상현이네."

규현이 만들었던 동아리의 현 회장을 맡고 있는 한상현의 전화였다. 규현은 스마트폰을 귓가로 가져갔다.

—형! 오랜만이에요!

반가운 목소리가 들려왔다. 입가에 절로 미소가 지어졌다.

동아리를 처음 만들었을 때부터 옆에서 도와준 고마운 동생이었다. 학교를 휴학하고 나서도 가끔 이렇게 전화해서 근황을 물어보곤 했다. 규현도 가끔 전화를 걸어 그에게 위로를 받기도 했다.

"야~ 진짜 오랜만이다. 요즘 동아리는 잘돼가냐?"

―형, 말도 마세요. 형, 휴학하고 나서 다 죽어가고 있어요.

상현은 그렇게 말했지만 사실 규현이 휴학하기 전에도 동아리는 간신히 최소 인원인 20명을 넘기고 있었다. 그마저도 이름만 올린 이들이 대부분이었고 활동 인원은 매우 적었다.

"그래도 산소 호흡기는 붙여놓고 있지? 망하면 가만히 안 둔다?"

―물론이죠. 제가 최선을 다해서 살리고 있습니다!

"그래, 고생이 많다. 그나저나 무슨 일로 전화했어?"

―사실은 며칠 이따가 동아리 회식을 할 거예요.

"회식?"

동아리 회식을 한 적이 몇 번 없었기 때문에 규현은 궁금해졌다. 규현이 만든 동아리는 회비도 받지 않았고, 동아리 지원금은 회식 같은 곳에 사용할 수 없었기 때문이었다.

―네. 교내 공모전에 3명이 참가해서 3명이 전부 상 탔거든요. 신입 회원도 마침 들어왔고, 겸사겸사.

"너랑 부회장은 당연히 탔을 거고, 또 누구야? 궁금하네."

회장인 한상현과 부회장인 김조식의 글솜씨는 규현이 보기에도 괜찮았다. 적어도 교내에선 경쟁자가 많이 없을 것이다.

─신입 회원이요. 걔가 저랑 부회장을 꺾고 최우수상 받았어요.

"정말이야?"

─네.

규현의 물음에 상현이 대답했다. 거짓말일리는 없었다. 상현은 거짓말을 잘 못 하는 성격이니까. 규현은 상현과 조식을 넘어섰다는 신입 회원에 대해 궁금해졌다.

"누군지 궁금해지네."

─누군지 궁금하시면 회식 참석하세요.

"내가 가도 되는지 모르겠네. 휴학도 했고."

─신입 회원이 형 광팬이래요. 꼭 얼굴 보고 싶다고 하니까 오셔서 술이라도 한잔하시고 가세요.

"그래, 알았다."

계속 거절하는 것도 권하는 사람에 대한 예의가 아니다. 규현은 입가에 미소를 머금은 채 회식에 참석할 것을 약속했다.

─감사해요. 시간과 장소는 메시지로 보내 드릴게요.

"그래."

통화가 끝나고 얼마 지나지 않아서 메시지가 도착했다. 회식 장소는 학교 근처였고 시간은 다음 주 월요일 오후 8시였다.

리디스 미디어와 약속 시간도 얼마 남지 않았기 때문에 규현은 서둘러 옷을 챙겨 입었다. 그리고 지하철을 이용해 약속 장소로 이동했다. 30분 만에 약속 장소에 도착한 규현은 시간을 확인해 보았다. 약속 시간까지 20분 정도 남겨두고 있었다. 혹시나 싶어 카페에 들어가자 규현은 의자에 앉아 주변을 두리번거리고 있는 주석의 모습을 볼 수 있었다.

규현은 천천히 그에게 다가갔다. 주변을 두리번거리던 주석은 천천히 거리를 좁히고 있는 규현을 발견하고 복잡한 표정을 지었다.

"여긴 어쩐 일이십니까?"

"출판사 직원이랑 만나기로 해서요."

주석이 물었고 규현은 솔직하게 대답했다. 출판사 직원을 만난다는 규현의 말에 주석은 웃음이 터지려는 것을 간신히 참았다.

"작가님이 저 말고 다른 출판사 직원을 만난다고요? 재밌는 농담이네요."

"전 다른 출판사 직원을 만난다고 한 적 없는데요."

"다른 출판사 직원이 아니라면 저를 지칭하는 게 되는데, 저는 작가님과 약속을 잡지 않았습니다."

주석은 정색하고 말했다. 그 모습에 규현은 미소를 지었다. 그는 말없이 스마트폰을 꺼내 문학 왕국에 접속했다. 그리고 쪽지함에 들어갔다.

"쪽지로 분명 약속을 잡았는데, 그렇게 말씀하시니 계약 제의는 없던 걸로 하죠."

그렇게 말하며 규현은 쪽지함을 보여주었다. 스마트폰 화면을 확인한 주석은 그제야 뭔가 잘못되었다는 걸 깨달았다.

"자, 작가님, 혹시 수호자 작가님이세요?"

주석은 그렇게 물으면서도 규현이 아니라고 대답해 주기를 하늘에 빌었다. 주석의 얼굴에서 절박함이 배어났다. 규현은 한쪽 입꼬리를 끌어 올리며 입을 열었다.

"네. 제가 귀환 황제 전기의 작가입니다."

리디스 미디어의 편집자 강주석은 큰 충격을 받았다. 그는 규현의 다른 작품들을 다 읽어봤었다. 그리고 이번에 그가 수호자라는 필명으로 쓴 귀환 황제 전기 또한 읽어보았다. 규현이 가장 최근에 쓴 작품인 대마법사 레이드 간다!를 읽어봐도 귀환 황제 전기와 상당한 차이가 있었다.

문체, 소재 선정, 대사. 모든 게 달랐다. 이쯤 되면 대필을 의심해 볼 정도였다.

"작가님, 일단 흥분을 가라앉히시고 앉아서 이야기하죠."

"나 화 안 났어요. 그리고 더는 할 이야기도 없어요."

더 말할 이유도 없었다. 조금 친절하게 대해주었다면 이런 유감스러운 결말을 맞이하진 않았을 것이다. 조금 경솔한 행동일지도 모르겠다. 하지만 이제 다시는 리디스 미디어와 일할 생각은 없었다. 규현은 그렇게 생각했다. 하지만 규현은 모르고 있었다. 한국의 좁은 장르 소설계에서 적을 만드는 게 얼마나 어리석은 행동인 지를. 규현은 그것도 모르고 거대한 적을 만들고 말았다.

"가보겠습니다."

담당 편집자였던 주석 또한 더 이상 규현을 붙잡지 않았다. 리디스 미디어에선 귀환 황제 전기라는 작품을 필요로 했지만 계약하지 못하더라도 큰 타격은 없었다. 주석 또한 그 사실을 알고 있었고, 구차하게 더 이상 규현에게 매달리지 않았다. 아직까지는 규현이라는 존재가 그렇게 크지 않았기 때문이었다.

규현은 주석을 뒤로한 채 집으로 돌아왔다. 통쾌할 것이라고 생각했지만 막상 그렇지 않았다. 이유를 알 수 없는 감정에 규현은 한숨을 쉬며 컴퓨터를 켰다.

*   *   *

[귀환 황제 전기]

분류: 현대 판타지.

선호작: 3,528.

한 주가 끝나고 다시 월요일이 되었다. 귀환 황제 전기의 선호작 수치는 상당히 증가하여 3,500을 넘고 있었다.

"신규 베스트의 위력인가?"

신규 베스트 20위부터는 문학 왕국 메인에 노출된다. 그래서 그런지 귀환 황제 전기가 신규 베스트 20위 안에서 놀고 있으니, 선호작 수치가 빠른 속도로 증가했다.

"선호작 수치도 확인했으니, 스탯을 확인해 볼까?"

규현은 스탯을 확인하기 위해 마우스를 움직였다.

[귀환 황제 전기]

분류: 현대 판타지.

종합 등급: B.

30일 후 예상 24시간 구매 수: 4,000~4,500.

판타지 제국 편집부의 적극적인 피드백 덕분인지 30일 후 구매 수가 상당히 늘어나 있었다. 다만 종합 등급은 그대로 였다. 그 이유가 궁금해 다른 작가들의 작품을 며칠에 걸쳐 확인해 보니 종합 등급이 변동되는 경우를 볼 수 있었다. 혹은 24시간이 지나기 전에 예상 구매 수가 변동하는 경우도 보았다.

특히 작가가 최신 화 내용을 수정했을 때 그런 현상들이 나타났었다. 아마도 내용이 수정되면서 스탯창이 예측한 미래가 변동된 것으로 보였다.

다른 작품들의 스탯을 확인하고 자신의 작품에 달린 댓글들을 확인하는 것을 끝낸 규현은 원고를 작성하기 시작했다. 저녁에 동아리 회식이 있었다. 아직 비축된 분량이 없었기 때문에 오늘 써야 할 분량을 미리 끝내야만 했다.

얼마 지나지 않아서 정해진 분량을 작성한 규현은 판타지 제국 편집부에 메일을 보내고 스마트폰을 꺼내 담당 편집자에게 전화를 걸었다.

―네. 안녕하세요, 작가님.

담당 편집자 이하은이 지극히 사무적인 말투로 전화를 받았다. 아직 조금 거리가 느껴졌지만 일처리만큼은 확실하게 하는 편집자였다. 전개 방향에 대해서도 조언을 아끼지 않았다. 그녀와 의논하면 할수록 뭔가 달라지는 듯한 기분이 들었다.

"원고 보내 드렸습니다. 이번에도 잘 부탁드립니다."

―확인하겠습니다.

짧고 사무적인 대화가 오가고 전화를 끊었다. 규현은 옷을 입었다. 약속 시간까지 조금 남아 있었지만 미리 가서 기다릴 생각이었다. 미리 도착한 규현이 약속 장소 앞에서 5분 정도를 기다리자 비문 동아리의 회장을 맡고 있는 상현이 가벼운 외투 차림으로 나타나 그에게 손을 흔들었다.

"형!"

규현을 발견한 상현은 환하게 웃으며 달려왔다. 그의 뒤로 부회장 김조식의 얼굴이 보였다.

"잘 지냈어?"

"네. 저희야 잘 지냈어요."

"춥다. 일단 들어가자."

"네."

규현 일행은 세계 맥주 전문점 안으로 들어갔다. 밖과 다르게 따뜻했다. 미리 예약된 자리로 이동한 후 규현이 입을 열었다.

"솔직하게 말해도 돼. 활동 회원은 너희 둘이 전부지?"

동아리 사정은 규현도 잘 알고 있었다. 규현이 회장으로 있을 때도 간신히 최소 인원은 채웠지만 대부분이 이름만 올린 유령 회원이었고 활동 회원은 언제나 5명 이하였다.

"아뇨! 신입 회원 외에도 1명 더 있어요."

규현의 말에 상현이 격렬하게 반응했다. 규현은 두 눈을 가늘게 뜨고 상현을 보았다. 격한 반응을 보이니 왠지 거짓말 같았다.

"의심스럽네."

"형! 다른 한 명은 못 온다고 했고 신입 회원은 무슨 일이 있어도 올 거예요."

"맞아요. 현지, 걔는 꼭 올 거예요."

상현의 말에 조식이 보증했다.

"무슨 일이 있어도?"

"네. 걔가 형 광팬이라고 했잖아요. 형 온다고 하니까 무슨 일이 있어도 오겠다고 했어요."

규현의 말에 상현은 고개를 끄덕였다. 광팬이라. 믿기 힘들었다. 언제나 규현은 인기가 없었고 인터넷을 보아도 그의 작품에 대한 우호적인 리뷰는 없었다. 그는 인터넷에서 언제나 공격당해 왔다. 그의 팬을 자처하는 자는 한 명도 없었다. 그래서 말하는 이가 상현이 아니었다면 거짓말이라고 생각했을 것이다.

주문을 끝내고 입구 쪽으로 시선을 옮겼다. 이윽고 문이 열리며 긴 생머리에 강아지처럼 귀엽고 부드러운 얼굴, 그리고 아담한 체형의 미녀가 들어왔다. 그리고 그녀는 규현이 앉아 있는 곳으로 다가왔다.

'설마 신입 회원이 저 미녀는 아니겠지?'

그렇게 규현이 생각하고 있을 때, 그녀는 규현이 앉은 테이블 앞에 멈췄다.

"늦어서 죄송해요."

설마가 사람을 잡았다.

"아, 괜찮아. 많이 안 늦었어. 규현이 형 옆에 앉아."

"네!"

규현의 이름이 나오자 현지의 얼굴이 밝아졌다. 그녀는 규현의 옆에 조심스럽게 앉았고 상현은 두 사람을 보며 흐뭇한 미소를 입가에 그렸다.

"소개할게요. 우리 신입 회원이자 떠오르는 비문 동아리의 떠오르는 다크호스! 송현지예요. 사학과 2학년이고 올해 우리 동아리에 들어왔어요. 그리고 현지야, 이분은 우리 동아리 유일의 출판 작가인 정규현 형이야. 네가 매일 몇 번씩 읽었던 대마법사 레이드 간다!를 쓰셨지."

"소, 송현지라고 합니다."

현지가 수줍게 손을 내밀었다. 규현은 아무 생각 없이 그 손을 잡고 가볍게 악수했다.

"반가워."

3장

월 삼천 작가 정규현

 "정규현 작가님이시죠……?"

 현지가 수줍게 규현을 보며 말했다. 규현은 고개를 끄덕였다. 현지는 조심스러운 움직임으로 가방에서 뭔가를 꺼냈는데, 규현은 그것이 무엇인지 알 수 있었다. 바로 책이었다. 네 권의 책. 모두 규현이 쓴 책이었다.

 "사인… 해주세요."

 수줍게 말하는 현지를 보며 규현은 조용히 펜을 꺼내 들었다. 그리고 말없이 네 권의 책에 사인을 해주었다. 네 권의 책에 사인을 받은 현지는 기뻐했다. 사인을 끝내고 얼마 지나지 않아서 주문한 맥주와 안주가 나왔다. 맥주를 마시고 안주를 먹으며 그들은 서로의 근황에 대해 이야기했다.

"형, 차기작은 뭐 쓰실 거예요? 대마법사도 완결났고 새 작품 쓰셔야죠."

"이미 문학 왕국에 쓰고 있어."

상현의 물음에 규현은 입가에 미소를 머금은 채 대답했다. 상현은 맥주를 한 모금 마시고는 입을 열었다.

"잘 생각하셨어요. 요즘은 종이책보다 유료 연재와 전자책 시장이 활성화되어 있잖아요."

조식이 그렇게 말했고 상현이 고개를 끄덕였다. 두 사람다 장르 소설 작가를 꿈꾸고 있었다. 그래서 관련 정보는 어느 정도 알고 있었다.

"그것보다 제목이 궁금하네요."

상현이 물었다. 현지가 주변 눈치를 살피더니 조심스럽게 입을 열었다.

"귀환… 황제 전기 맞죠?"

"그건 수호자라는 사람이 쓴 거 아닌가?"

상현은 현지의 말이 아니라고 생각했다.

"그거 나 맞아. 그런데 어떻게 알았어?"

"예? 그 떠오르는 신성이 형이라고요?"

상현은 경악했다. 상현은 규현을 존경하고 있었지만 규현이 비인기 작가라는 것을 잘 알고 있었다. 그런데 최근 문학 왕국에서 뜨는 신성으로 유명한 수호자 작가가 규현이라니. 상현은 규현이 농담이라도 하는 줄 알았다.

"많이 바뀌었지만 익숙한 문장과 대사였어요. 전개 방식이 너무 달라져서 설마 했지만 역시 맞았네요."

현지의 말에 규현은 살짝 감동했다. 현지는 규현이 필명을 바꾸었음에도 불구하고 알아보았다. 이것은 어지간히 그 작가를 좋아하지 않으면 힘든 일이었다.

"정말 내 광팬이구나."

"네, 작가님."

"그냥 오빠라고 불러."

"그래도 돼요?"

현지의 볼에 홍조가 깃들었다. 규현이 흔쾌히 고개를 끄덕이자 현지의 입가에 환한 미소가 번졌다.

"글솜씨가 좋다고 들었는데, 혹시 문학 왕국에서 연재하고 있어?"

"네, 문학 왕국에서 연재 중이에요."

"필명이 어떻게 돼?"

규현은 현지의 필명이 궁금했다. 비록 교내 대회지만 그녀가 상현과 조식을 넘고 최우수상을 받았다는 게 규현의 호기심을 자극했다. 당연히 필명을 말해줄 것이라고 생각했지만.

"비밀이에요."

그녀는 부끄러운 것인지 필명을 말하지 않았다.

"그래? 혹시 다음에 생각이 바뀌면 알려주라."

호기심이 자극받긴 했지만 꼭 알고 싶을 정도는 아니었다. 그저 가볍게 궁금한 정도였다. 그래도 조금 아쉽기는 했다. 작품과 작가의 스탯이 보인다는 것은 엄청난 능력이었고 이것을 잘만 활용한다면 소설로 대박치는 것뿐만이 아니라 출판사나 매니지먼트를 차려서 크게 성공할 수도 있었다. 만약 현지의 스탯이 높다면 미래를 위해 미리 포섭할 생각도 있었다.

"네, 꼭 그렇게 할게요."

현지가 대답했다. 언젠가는, 그녀의 필명을 알게 되면 좋을 것 같다고 생각하며 규현은 술잔을 입가로 가져갔다.

*   *   *

규현과 리디스 미디어의 관계는 좋게 끝나지 않았다. 그 어정쩡한 결말에 규현도 마음이 불편했지만, 그것은 규현의 담당 편집자였던 리디스 미디어의 강주석 또한 마찬가지였다. 사회 경험이 부족한 규현은 주석에게 다소의 모욕감을 주었다. 어쩌면 그건 리디스 미디어와 규현의 관계는 끝이 아니라 새로운 시작을 고하는 것일지도 몰랐다.

주석은 기획팀장에게 하나의 기획안을 제출했다. 기획안을 검토한 기획팀장은 다음 날 주석을 불렀다.

"이상진 작가를 문학 왕국에 진출시키자는 말이지?"

"예, 그렇습니다."

주석이 기획팀장에게 올린 기획안, 그것은 리디스 미디어의 문학 왕국 진출 기획안이었다. 리디스 미디어는 지금까지 문학 왕국에 진출하려는 시도를 하지 않았다.

종이책을 출판하고 문학 왕국을 제외한 플랫폼에 전자책을 유통시키는 것으로 매출을 올리고 있었다. 최근에서야 문학 왕국이 커지면서 리디스 미디어 또한 문학 왕국에 뛰어들기 위한 준비로 문학 왕국의 인기 작가들에게 콘택트를 넣고 있었지만 성과는 없었다. 이미 문학 왕국은 파란 책, 오성 북스, 판타지 제국 등의 거대한 출판사 및 매니지먼트들이 장악하고 있었기 때문이다.

그래서 주석은 인기 작가들에게 접촉하는 것보다 리디스 미디어의 인기 작가들을 문학 왕국에 연재시키는 방법을 제안했다. 그리고 그 선봉이 리디스 미디어의 얼굴이라고 할 수 있는 이상진 작가였다.

"이상진 작가의 뜻은?"

"한번 해보시겠다고 합니다."

"잘돼야 할 텐데."

주석의 대답에 기획팀장은 등받이에 몸을 기대며 중얼거렸다. 문학 왕국은 냉혹한 기회의 땅. 종이책으로 인기를 끈 몇몇 작가들이 문학 왕국에 도전했다가 실패하는 모습을 그는 많이 보아왔다.

"자네가 철저하게 옆에 붙어서 보조해. 이상진 작가면 교정과 교열만 해주면 되겠지만."

"네."

"나가봐도 좋아."

기획팀장의 말에 주석은 밖으로 나와서 작가실로 이동했다. 작가실에는 상진이 글을 쓰면서 주석을 기다리고 있었다.

"작가님."

노트북으로 열심히 글을 쓰고 있던 상진이 바쁘게 움직이던 손가락을 멈추고 고개를 들었다.

"왜 부르세요?"

"팀장님의 승인이 떨어졌습니다."

"그럼 이제 계약서 쓰고 문학 왕국에 글만 올리면 되는 겁니까?"

주석은 미리 준비해 온 계약서를 테이블에 올렸다. 이미 계약금과 권당 선인세, 그리고 비율 정산에 대한 이야기는 끝난 상태다. 사인만 하면 된다. 상진은 펜을 꺼내 필요한 내용을 적고 사인했다.

"시놉시스는 정하셨습니까?"

주석의 물음에 상진은 입가에 비열한 미소를 머금었다.

"제가 누굽니까? 벌써 '참고'할 작품을 발견했죠."

이상진 작가, 그는 리디스 미디어의 대표 작가였지만 '표절'에 가까운 '참고'로 평판이 안 좋았다. 늘 표절 논란에 시달릴 때가 많았지만 비슷한 소재와 전개가 넘치는 장르 소설의 특징과 아슬아슬한 줄타기로 표절 작가 낙인은 피하고 있었다.

"어떤 작품인지 여쭤봐도 될까요?"

"귀환 황제 전기입니다."

상진의 대답에 주석은 쉽게 입을 열지 못했다. 귀환 황제 전기. 그것은 규현의 작품이었기 때문이었다. 하지만 그것도 잠시였다. 주석은 싸늘한 웃음을 흘리며 입을 열었다.

"이왕 하는 거 확실하게 부탁드립니다. 가능하면 귀환 황제 전기와 같은 시간에 올리는 것도 좋을 것 같군요."

"이야기는 들었는데, 많이 싫어하나 봐요?"

"하하하."

주석은 어색하게 웃었다.

"유료 연재 계약서, 문학 왕국에 보냈어요."

규현은 전화로 하은에게 유료 연재 계약서를 문학 왕국에 전달했다는 사실을 알렸다. 유료 연재는 신청을 하면 문학 왕국에서 따로 계약서를 보낸다. 그리고 이것을 작성해서 다시 보내면 유료 연재로 전환된다.

─작가님이 적은 날짜대로라면 이번 주 금요일에 유료 연재로 전환되겠네요.

"그렇겠죠."

또한 계약서에 유료 연재 전환 날짜를 적어서 보내는데, 보통 출판사나 매니지먼트와 계약한 상태에서 유료 연재로 전환하는 작가들은 전략적으로 움직이기 위해 이 날짜를 계약한 곳과 의논하는 경우가 대부분이었다.

─작가님 지금 선호작 수치가 어떻게 되죠?

하은이 물었다. 유료 연재에 있어서 선호작 수치는 중요했다. 유료 연재로 전환하면 보통 20% 정도의 선작이 감소한다. 게다가 유료 연재로 전환하면 선작이 좀처럼 늘어나지 않는다. 그래서 유료 연재 전환 전에 최대한 많은 선작을 확보하고 가는 게 중요했다.

"1만 5천을 조금 넘어요."

─유료 연재로 넘어가면 20% 정도가 줄어들 확률이 높아요. 하지만 그래도 베스트 10위 안에 들어갈 거예요.

하은의 말에 규현은 심장이 두근거리는 것을 느꼈다. 문학 왕국 베스트 10위 안에 들어가는 것은 쉬운 일이 아니었다. 들리는 소문과 판타지 제국 편집자인 하은의 말을 조합해 볼 때 11위에서 20위가 월 1천만 원 이상의 매출을 낸다고 했다. 그리고 10위 안에 들어간 작가들은 월 2천만 원 이상의 매출을 내고 있다고 한다. 출판사와 계약을 한 규현은 정산할 때 조금 떼이는 금액이 있겠지만, 판타지 제국의 도움을 생각해 보면 아깝지 않았다.

판타지 제국은 작품을 문학 왕국 메인 배너에 올려주고 교정과 교열을 봐주었다. 그 덕분인지 30일 뒤, 예상 구매 수가 상당히 많이 상승했었다.

─지금 귀환 황제 전기의 전개는 상당히 좋아요. 이대로만 가면 될 것 같아요. 그럼 내일도 부탁드릴게요.

"예, 감사합니다. 수고하세요."

규현은 전화를 끊었다. 검게 물든 화면의 스마트폰을 책상 위에 올려두고 귀환 황제 전기의 스탯을 확인했다.

[귀환 황제 전기]
분류: 현대 판타지.
종합 등급: B.
30일 후 예상 구매 수: 약 9,000 ~ 9,200.

규현은 입가에 미소를 머금었다. 언제 봐도 흐뭇한 수치였다. 스탯을 확인한 규현은 댓글을 확인하기 위해 마우스를 움직였다. 최근 인기를 얻으면서 악플도 늘었지만 재밌다고 댓글을 남기는 독자들의 수가 더 많았기 때문에 댓글을 볼 때마다 환한 미소를 지을 수 있었다. 댓글을 확인하며 미소를 짓던 규현은 얼마 지나지 않아서 눈살을 찌푸리게 만드는 댓글 하나를 발견했다.

현판만 본다: 이거 이상진 작가님 소설이랑 너무 비슷한데, 표절 아닌가요?

이상진 작가? 규현의 기억이 잘못되지 않았다면 그는 분명 리디스 미디어의 작가였다. 문학 왕국의 여러 작품을 살펴봤지만 이상진 작가의 작품은 없었다. 규현이 알기로 이상진 작가는 문학 왕국에서 연재한 적이 없었다. 규현은 스크롤을 내려 댓글을 더 확인했다.

한강가자: 뭘 표절했다는 건지. 작가님 신경 쓰지 마세요.
현판만 본다: 이상진 작가가 지금 연재하는 리턴 황제 폐하랑 너무 비슷하다는 말이다, 멍청아.

지나가는 독자: 진짜 비슷하네.

블랙눈물: 수호자 작가님이 훨씬 먼저 썼어요!

현판만 본다: 그건 내가 알 거 없고, 이상진 작가님이 표절할 리는 없으니까 수호자 작가가 표절한 게 분명하다. 형, 지금 진지하다.

규현의 편을 드는 독자들과 상진의 광팬으로 보이는 독자들이 댓글로 설전을 벌이고 있었다. 눈살을 찌푸리게 만드는 내용도 많았지만 자신의 편을 들어주는 독자들의 모습에 규현은 살짝 감동했다.

그건 그렇고 이상진 작가가 쓴다는 작품을 확인해 볼 필요가 있을 것 같았다.

"이 새끼가?"

이상진 작가의 리턴 황제 폐하를 최신 화까지 읽은 규현은 욕설을 내뱉었다. 너무 비슷했다. 누가 봐도 한쪽이 보고 베낀 것이다. 규현이 베끼진 않았으니, 이상진 작가가 한 것이 확실했지만 이미 문학 왕국 독자 커뮤니티는 상진의 광팬들이 점령한 상태였다. 규현의 독자들이 규현을 옹호하는 글을 올리긴 했지만 상진의 팬들에 의해 빠른 속도로 묻히고 있었다.

"항의 쪽지라도 보내야 하나."

화가 났지만 규현은 침착하게 행동했다. 어찌 보면 호구 같다고 할 수도 있겠지만 우선 상대의 본심을 확인하기 위해 쪽지를 보냈다. 답장은 생각보다 빨리 왔다.

[비슷하다고요? 그럴 리가요^^. 기분 탓입니다. 괜히 생사람 잡지 말고 본인 글이나 쓰시길.]

쪽지의 내용 일부였다. 규현은 이를 악물고 쪽지를 노려보았다. 전문을 읽으니 혈압이 오르는 것 같았다. 그가 지금까지 표절에 가까운 '참고'를 많이 했다는 것을 규현도 알고 있었지만 이 정도로 심한 것은 처음 보았다. 상진은 리디스 미디어의 주력이라고 할 수 있는 작가였다. 그는 철저한 출판사의 관리를 받고 있었다. 리디스 미디어도 이 일을 알고 있을 것이다. 즉 알고도 묵인했거나, 어쩌면 이렇게 하도록 부추겼을 수도 있다.

"씨발, 한번 해보자는 거야?"

덤빈다면 피하진 않는다. 더 이상 굽실거리던 예전의 규현이 아니었다.

'그동안의 정을 생각해서 쪽지로 해결 보려고 했는데, 안 되겠네.'

규현은 속으로 생각하며 스마트폰을 들어 올렸다. 그리고 담당 편집자인 하은에게 전화를 걸었다.

　―네, 작가님. 무슨 일이시죠?

　전화 통화를 한 지 얼마 지나지 않았기 때문에 하은은 무슨 일인가 싶었다. 규현은 그녀에게 현 상황을 설명했다.

　―보통 일이 아니네요. 이상진 작가님의 소문이 안 좋은 건 모두가 알고 있지만, 오랜 시간을 장르 소설계에 있었던 만큼 광팬도 많아요. 문학 왕국은 커뮤니티가 활발한 곳이니 작가님 작품에 악영향이 갈 수도 있어요.

　"이미 악영향이 온 것 같네요. 선작이 200 정도 떨어졌어요."

　선호작 수치가 200 정도 떨어졌다. 전체로 보면 적은 수로 보였지만 의혹이 터지고 얼마 지나지 않은 시간이라는 것을 고려하면 많이 떨어진 것이었다. 이 상태가 유지된다면 규현에게 치명적일 수도 있었다.

　"후우."

　규현은 한숨을 내쉬었다. 속이 답답했다.

　"어쩌면 좋습니까?"

　―작가님, 걱정하지 마세요. 저희 판타지 제국이 가만히 있지 않을 거예요. 지금 당장 팀장님께 보고하러 가겠습니다.

　"부탁드립니다."

―맡겨주세요.

하은은 자신만만하게 대답했고 규현은 부탁한다는 말을 남기고 전화를 끊었다. 일단은 판타지 제국에 맡기고 기다릴 수밖에 없었다.

[리턴 황제 폐하]
분류: 현대 판타지.
종합 등급: B.
30일 뒤 예상 24시간 구매 수: 11,500.

[이상진]
종합 등급: A.

규현은 상진의 작품 스탯을 확인했다. 이상진의 작가 스탯은 A급. 거의 한국 장르 소설의 역사가 시작할 때부터 글을 써온 작가치고는 조금 낮은 편이었다. 그의 다른 작품들을 검색해서 살펴본 결과, 스탯이 A급인 작품이 조금 있는 것을 확인할 수 있었다.

규현은 많은 작가들과 작품들을 조사했었다. 잠재력과 동일한 등급의 작품을 집필한 작가는 거의 없었다. 잠재력을 100% 발휘하는 게 힘들기 때문이었다. 그래서 규현은 상진이 대단하다고 생각했으나, 그 생각은 곧 철회하게 되었다. 그의 A급의 작품들은 모두 표절 논란이 있는 작품들이었고, 표절에 관련된 말이 전혀 나오지 않은 작품들은 모두 D급이나 C급이었다.

"후우."

규현은 한숨을 쉬며 의자에 몸을 기대었다. 솔직히 크게 자신이 없었다. 표절 작가라는 낙인이 찍혀 있는 상진이었지만 기본 글솜씨도 나쁘지 않은 편이었고 무엇보다 장르 소설의 시작부터 글을 쓴 작가를 잃고 싶지 않았다. 게다가 단순히 상진을 좋아한다는 이유로 그를 무조건 옹호하는 독자들의 수도 아주 많았다.

그에 비해 규현은 필명을 새로 만든 탓에 신인 작가나 다름없었고, 상진에 비하면 광팬의 비율도 적은 편이었다. 실제로 표절 이야기가 나온 이후, 귀가 가벼운 독자들은 이미 규현을 떠났다. 그래서 선작은 제법 떨어졌지만 규현은 초조해하지 않았다. 지금보다 더한 위기도 많이 겪어보았기에 침착할 수 있었다.

"글이나 쓰자."

규현은 글을 쓰기 시작했다.

*   *   *

며칠 뒤, 전화가 울렸다.

"으으으."

밤을 샌 탓에 그 여파가 아직 몸에 남아 있는 규현은 낮은 신음을 흘리며 침대에서 일어났다. 그리고 몽롱한 정신으로 주변을 더듬어 벨소리가 울리는 스마트폰을 찾아냈다. 화면을 확인해 보니 판타지 제국 담당 편집자 이하은이었다.

"그 일 때문인가."

규현은 하은이 전화를 건 이유를 나름 추측해 보았다. 아마도 이상진 작가의 표절 때문일 것이다.

"여보세요."

─안녕하세요, 작가님.

"잠깐만요."

규현은 통화 버튼을 누르고 전화를 받았다. 하은의 사무적인 목소리가 들렸다. 규현은 터져 나오는 하품을 힘겹게 참으며 부엌으로 갔다. 그리고 냉장고에서 차가운 물을 꺼내 마셨다. 차가운 물을 마시니 잠을 조금 깰 수 있었다. 말끔해진 정신으로 규현은 다시 스마트폰을 들어 올렸다.

"네, 말씀하세요."

─죄송합니다, 작가님.

규현의 말에 하은은 대뜸 사과를 했다. 규현은 불길한 예감이 들었다. 하지만 만약의 경우도 있으니, 그녀에게 한 번 물어보기로 했다.

"설마 일이 잘못된 건 아니겠죠?"

—…….

하은은 말이 없었다. 규현은 속에서 불이 난 것 같은 착각이 들었다. 그는 화재 진압을 위해 찬물을 한 컵 다 비웠다. 규현이 입을 열었다.

"후우, 문학 왕국에서 뭐라고 하던가요?"

—조사를 해본 결과, 두 작품에서 유사한 부분을 상당수 찾을 수 있었지만 표절이라고 할 정도는 아니라고 합니다.

"완전히 똑같은데 표절이 아니라고요? 정신이 제대로 있는 건가요?"

—저희도 나름대로 압력을 행사해 봤지만, 힘들 것 같습니다.

판타지 제국은 규모가 제법 큰 매니지먼트 겸 출판사다. 하지만 독자적인 플랫폼을 구축하지 않았기 때문에 대부분의 매출을 문학 왕국과 전자책 유통 사이트에 의지하고 있었다. 그래서 주요 수입원인 문학 왕국에 가할 수 있는 압력엔 한계가 있었다. 규현도 판타지 제국의 그런 입장을 잘 알고 있었기 때문에 하은에게 더 이상 불만을 말하지 않았다.

"후우."

—죄송합니다, 작가님.

한숨을 쉬는 규현에게 하은이 거듭 사과했다.

"괜찮아요."

규현은 쿨하게 사과를 받아들였다. 이건 하은의 잘못도 아니었고, 판타지 제국의 잘못도 아니었다. 원망할 대상이 있다면 표절을 한 상진과 그것을 알면서도 묵인한 리디스 미디어다.

─이제 어쩌실 생각이시죠? 저희는 더 이상 공식적인 도움을 드릴 수 없어요. 리디스 미디어에 항의를 하긴 했지만 모르쇠로 일관하고 있습니다.

"어쩌긴요. 박살 내야죠."

하은의 물음에 규현은 당당하게 말했다. 시비를 걸었으니까 박살 낸다. 당연한 것이다. 규현은 호구가 아니었다. 그동안 숨죽여 온 것은 그가 호구라서 그런 것이 아니었다. 힘이 없어서 그랬던 것이다.

지금도 힘이 있다고 보기엔 힘들지만 과거와는 달랐다. 적어도 지금 귀환 황제 전기라는 작품으로 상진의 리턴 황제 폐하와 정면 대결을 벌여서 밀리지 않을 자신이 있었다. 지금의 경우를 보면 알겠지만 독자들은 인기가 더 많은 작가를 옹호한다. 상진을 뛰어넘는 인기 작가가 되면 상황은 달라질 것이다.

─어쩌시려고요?

"보아하니 표절로 걸고 넘어가는 건 힘들 것 같네요. 그렇다면 시비를 걸 수 없을 정도로 아득하게 높은 곳으로 올라갈 수밖에 없지 않을까요."

높은 곳으로 올라가면 표절 시비도 조금 잠잠해질 것이다. 마치 도망치는 것 같아서 기분은 좋지 않았지만 상진과 리디스 미디어를 박살 내기엔 아직 힘이 부족했다.

—문학 왕국 베스트 3위.

하은이 뜬금없이 문학 왕국 베스트 3위를 언급했다. 규현은 그녀가 문학 왕국 베스트 3위를 언급한 이유를 알 수 없었다.

—저희가 비공식적으로 도움을 드릴 거예요. 작가님이 베스트 3위에 들어간다면 그 도움은 최고의 효과를 보일 거예요.

하은의 말에 규현은 미소를 지었다. 하은은 분명 판타지 제국은 더 이상 '공식'적인 도움을 주기 힘들다고 말했었다. 그것은 '비공식'적인 도움은 줄 수 있다는 것을 의미하기도 했다. 비공식적인 도움이 어떤 것을 말하는 것인지 아직은 모르지만 분명 도움이 될 것이다.

"베스트 3위라. 너무 높은데요? 하하."

문학 왕국 베스트 3위 안에 들어간 작가들은 삼 천왕이라고 불리며, 문학 왕국 독자들과 작가들의 존경을 받는다. 그리고 월 수입 또한 상당하다. 들리는 소문에 의하면 베스트 3위권의 작가들은 다른 플랫폼을 제외한 문학 왕국에서만 매출이 월 3천만 원에 근접하다고 한다. 한 번도 꿈꿔보지 못했던 그 자리를, 하은이 감히 그에게 넘보라고 말하고 있었다.

─작가님이라면 하실 수 있을 겁니다. 말은 하지 않았지만 작가님의 선작 상승 속도는 칠흑팔검 작가보다 빠른 속도였으니까요.

칠흑팔검. 부동의 1위 티미에 밀려 만년 2위를 지키고 있는 작가였다. 티미가 워낙 빛나는 작가라서 칠흑팔검의 빛이 상대적으로 희미하게 보였지만, 사실 그도 매우 뛰어난 작가였다.

"그렇게 비행기를 태워주시니 꼭 들어야겠네요, 3위권."

규현은 하은에게 문학 왕국 베스트 3위권 진입을 약속했다. 과거였다면 불가능이라고 생각했을 도전. 하지만 지금은 아니었다.

금요일이 되었다. 규현은 평소와는 다른 마음가짐으로 침대에서 일어났다. 평소와는 다른 이유가 있었다. 오늘은 그의 작품, 귀환 황제 전기가 무료 연재에서 유료 연재로 전환되는 날이었기 때문이었다. 보통 이날이 제일 떨리는 날이라고 문학 왕국에서 연재하는 작가들은 말하곤 했다.

유료 연재로 전환하는 순간, 일정한 수의 선작이 떨어져

나가기 때문이었다. 보통 유료 연재 공지와 함께 1차적으로 일부가 빠져나가고 유료 연재 전환과 함께, 빠져나갈 인원 대부분이 빠져나간다. 그래서 몇몇 작가들은 장난삼아서 심판의 날이라고 부르기도 했다. 평소보다 일찍 일어난 규현은 컴퓨터 앞으로 달려갔다. 전원을 켜고 문학 왕국 홈페이지에 접속했다. 그리고 귀환 황제 전기를 확인했다.

[귀환 황제 전기]
분류: 현대 판타지.
선호작: 12,380.

아직 아침이라서 그런지 생각보다 많은 수의 독자들이 빠져나가진 않았다. 이전에 비해 선작이 많이 줄어들긴 했지만 그건 유료 연재 공지와 표절 논란으로 인해 빠져나간 독자들이었다.

"현 3위가 누군지 확인해 볼까."

1위는 티미가 굳건하게 지키고 있었고 2위도 칠흑팔검이 튼튼한 요새를 지은 채 지키고 있었다. 그에 비해서 3위는 그 자리를 놓고 많은 작가들이 늘 치열한 전투를 벌이고 있었다. 규현은 마우스를 움직여 베스트 메뉴로 이동했다.

1: 제국 방어기(티미)

2: 칠흑검존(칠흑팔검)

3: 던전 왕국(매그라)

치열한 전투 끝에 현재는 매그라 작가의 던전 왕국이 백시광 작가를 밀어내고 3위를 유지하고 있었다. 규현의 기억이 틀리지 않았다면 그는 B급 스탯의 작가로 던전 왕국의 스탯도 B급이었던 것으로 기억했다. 잠재력을 극한까지 끌어낸 얼마 되지 않는 경우였다. 던전 왕국의 표지에 파란책의 마크가 그려져 있는 것으로 보아, 파란책과 계약한 작가로 보였다.

베스트 3위가 매그라라는 것을 확인한 규현은 귀환 황제 전기의 순위를 확인해 보았다.

…….

9: 귀환 황제 전기(수호자)

…….

19: 리턴 황제 폐하(이상진)

귀환 황제 전기는 10위권에 진입해 있었고, 이상진 작가의 리턴 황제 폐하는 20위권에 진입한 상황이었다. 평소 상진이라면 15위는 했을 테지만, 규현의 작품을 과하게 '참고'한 것으로 인해 벌어진 표절 논란이 양날의 검이 되어 상진에게도 다소의 피해를 입힌 것이다. 그는 많은 광팬들을 보유하였고 그들이 방패가 되었지만 역시 조금의 영향은 받은 것 같다.

'더 재밌는 소설을 써야 해.'

아직 부족했다. 남들보다 더 재밌게, 그리고 더 많이 써야 했다.

규현은 담당 편집자인 하은과 잦은 통화와 메시지를 주고받으며 의견을 교환해 스토리를 수정해 나갔고, 독자들의 사소한 의견도 놓치지 않고 적극 참고했다. 영혼을 다해 글을 쓰니 추천글도 많이 올라오고 독자들의 반응도 좋았다. 문학 왕국 커뮤니티에선 추천글에 거친 반응을 보였지만 그들은 소수였고 다수의 독자들은 규현을 응원했다.

독자의 응원을 들으며 규현은 더욱 힘을 내었고, 마침내 매그라를 뛰어넘어 베스트 3위에 오를 수 있었다.

―베스트 3위 등극 축하합니다. 이제 작가님도 삼 천왕이시군요.

담당 편집자인 하은은 규현의 베스트 3위 등극을 축하해 주었다. 평소에는 딱딱한 목소리였지만, 축하를 해주는 지금 그녀의 목소리는 조금 들떠 있었다. 규현은 감사를 표하기 위해 입을 열었다.

"감사합니다. 그런데 전에 말해준 비공식적인 도움이라는 게 뭔가요?"

—이미 준비는 끝났어요. 팀장님께서 실행을 앞두고 잠시 고민하시긴 했지만 작가님이 3위권에 진입해 주신 덕분에 결단을 내리신 것 같습니다.

"베스트 3위권이 그렇게 중요한 거였나요?"

—작가님이 명성을 얻어야 유리한 '도움'이 되기 때문이죠.

하은이 의미심장하게 말했다. 규현은 궁금해졌다.

"어떤 도움인지 궁금하네요."

—곧 알게 될 거예요, 작가님.

하은의 말을 이해하기까지 오랜 시간이 걸리지 않았다. 유료 연재로 전환하고 한 달이 조금 넘은 7월 초. 문학 왕국 커뮤니티에 접속한 규현은 평소와 다른 글들이 올라온 것을 볼 수 있었다.

그동안 규현이 연재하는 소설 댓글창을 제외하면 인터넷과 문학 왕국 커뮤니티 등에서는 규현에 대한 여론이 그렇게 좋은 편은 아니었다. 규현이 잘못한 것은 없었지만 이상진 작가의 광팬들이 마치 규현이 잘못한 것처럼 여론을 조성하고 있었던 것이다.

그런데 오늘 문학 왕국 커뮤니티를 들어가 보니 많은 것이 달라져 있었다. 이상진 작가가 공격당하고 있었다. 그것도 아주 격렬한 공격을 받고 있었다. 상진의 광팬들도 그의 방패가 되어주지 못할 정도로 강력한 공격이었다.

그들은 구체적인 증거를 들어가며 상진을 공격했는데, 그 증거의 출처들이 비슷비슷하여 규현은 관련 링크를 따라 들어가 보았다. 대부분이 장르 소설 관련 파워 블로거들이 운영하는 블로그였다.

"허."

파워 블로그들을 살펴보니, 온통 상진의 표절을 제기하는 내용의 게시글이 많았다. 그 게시글들을 살펴보고 있을 때, 스마트폰이 울렸다. 화면을 확인해 보니 하은이었다.

"편집자님, 혹시?"

─커뮤니티에 들어가 보신 것 같네요.

하은의 말에 규현은 하은이 앞에 있는 것도 아닌데 고개를 끄덕이며 입을 열었다.

"이상진 작가가 맹공격을 당하고 있네요. 갑자기 가만히 있던 파워 블로거들이 제 편을 들고 있어요."

─자세한 사정은 말씀드릴 순 없지만, 작가님 덕분에 저희가 움직이기 쉬웠다는 거예요. 그리고 작가님, 은행 가서 통장 정리해 보세요. 인세가 입금되었을 거예요.

하은의 말에 규현의 머릿속에서 상진과 표절에 대한 생각이 잠깐 소멸했다. 규현은 전화를 끊고 서둘러 가까운 은행으로 향했다. 스마트폰으로 계좌 조회가 가능하지만 지금 규현은 그런 것을 생각조차 못 하고 있었다.

규현의 생각이 틀리지 않았다면 적어도 3,000만 원 이상 의 인세가 입금되었을 것이다.

"후우!"

은행 앞에서 규현은 심호흡을 했다. 첫날 100만 원을 넘기 는 매출을 기록한 것을 보았을 때와 비슷한 흥분감이 몸에 차오르고 있었다. 첫날 그것을 보고 제대로 잠을 이루지 못 했다. 시간이 지나면서 점차 냉정을 되찾았지만 오늘 입금된 다는 말을 들으니, 그 흥분감이 다시 찾아왔다.

─원하시는 거래를 선택하여 주십시오.

ATM의 화면을 터치하자 차가운 기계음이 들려온다. 규현 은 카드를 넣고 조회를 터치했다.

"허."

판타지 제국에서 입금된 인세를 확인한 규현은 쉽게 입을 다물지 못했다. 약 2,900만 원이 입금되어 있었다.

4장

강제 휴전

　3,000만 원에 가까운 돈. 규현은 이렇게 큰돈을 만져본 적이 없었다. 그래서 ATM에서 카드를 뽑는 그의 손이 떨렸다.

　"침착하자."

　규현은 심호흡을 했다. 문학 왕국 사이트에서 매일 매출을 확인해서 이 정도였다. 만약 판매량을 전혀 몰랐다면 잔액 조회를 한 순간 규현은 기절했을 것이다. 은행을 나오는 규현의 입이 귀에 걸렸다. 미친 사람처럼 웃음이 나오려 하는 것을 간신히 통제할 수 있었다.

　"차나 한 대 살까."

돈이 생기니 쓰고 싶었다. 휴학하기 전, 자가용을 끌고 다니던 학생들을 부러워했던 기억이 있었다. 돈도 있고 면허도 있으니 차를 사지 못할 이유는 없었다. 자가용을 끌고 다니는 자신의 모습을 상상하던 규현은 이내 고개를 저었다.

이왕 사는 거, 돈을 조금 더 모아서 외제차를 사고 싶었다. 그리고 차를 사는 것보다 급한 게 있었다. 바로 부모님을 챙겨 드리는 것이었다. 규현은 집을 향해 발걸음을 옮기며 스마트폰을 꺼냈다. 익숙한 전화번호를 누르고 전화를 걸었다. 이윽고 전화가 연결되었다.

─여보세요, 아들?

"엄마, 별일 없으시죠?"

어머니가 전화를 받았다. 조금 힘이 없는 듯한 목소리에 규현은 가슴이 뭉클해졌다. 그는 어머니의 근황에 대해 물었다.

─아들 덕분에 별일 없지.

"필요한 거 없으세요?"

─없는 것 같네. 그것보다 이번에 제사 있는 거 알고 있지?

"네, 물론이죠."

대답은 그렇게 했지만 사실 잊고 있었다. 규현의 집안은 1년에 제사를 2번 지낸다. 11월쯤에 시사를 모시고 또 8월에 제사를 몰아서 한 번에 모셔왔다. 하지만 규현은 그동안 바빠서 집안일에 신경 쓰지 못했었다.

"그때 내려갈게요. 뭐 필요한 거 있으세요?"

—괜찮단다.

어머니는 괜찮다고 말씀하셨지만 규현은 마음이 편치 않았다. 대신 8월에 본가에 내려갈 때 선물을 잔뜩 사가야겠다고 생각했다. 규현은 어머니와 사소한 대화를 몇 마디 주고받은 뒤 전화를 끊었다.

"하늘이 참 맑네."

오늘따라 하늘이 맑게 느껴졌다.

*   *   *

여유가 생긴 규현은 학교 근처에서 상현을 만나 커피를 한 잔하고 있었다.

"4학년이라 취업 준비로 바쁠 텐데, 불러내서 미안하고 이렇게 나와줘서 고맙다."

"형이 부르는데 당연히 나와야죠."

상현은 경영학과 4학년으로 요즘 취업 준비로 바빴다. 그런 그에게 회장직을 물려준 것이 규현은 내심 미안했다. 상현은 책임감이 강한 남자였다. 그래서 그는 규현이 다시 돌아올 때까지 동아리를 유지하기 위해 회장직을 맡아 끊임없이 노력하고 있었다.

"그나저나 저를 부르신 이유는 뭘까요오. 혹시 신입 회원 때문인가요?"

상현은 장난꾸러기 같은 표정으로 두 눈을 반짝였다. 규현은 그의 반응을 이해할 수 없었다.

"걔가 왜?"

"예, 아무것도 아닙니다."

규현의 반응에 상현은 잘못 짚었음을 깨닫고 입을 다물었다. 그 모습을 보며 규현은 커피를 한 모금 마셨다. 그리고 입을 열었다.

"상현아."

"말씀하세요, 형."

"귀환 황제 전기에 대해 객관적으로 평가해 줄래? 너는 내 책을 다 읽었으니까 전 작품들과 귀환 황제 전기의 차이점에 대해 알고 있을 것 같아서."

상현은 규현의 모든 작품을 읽어본 몇 안 되는 독자였다. 최근 규현은 귀환 황제 전기가 납득하기 힘들 정도로 인기를 누리고 있다는 것에서 의문을 품고 있었다. 문체를 바꾸고 인기 있는 소재를 썼으며 다른 소설들과 비교해 치밀한 전개를 펼치고 있다고는 하지만 납득하기 힘들 정도의 인기였다.

"현지 불러올까요?"

"아니, 걔는 객관적인 감상을 이야기해 줄 것 같지 않아."

현지는 규현의 광팬이었다. 그래서 객관적인 감상을 말하기 힘들 것이다.

"제가 형의 모든 작품을 읽어봤잖아요? 그런데 그중에서 귀환 황제 전기가 제일 재밌었어요."

당연한 것이다. 다른 작품들과 비슷했다면 결코 이만한 인기를 누리지 못했을 것이다.

"그리고? 설마 그게 끝은 아니겠지?"

"물론 아니죠. 그리고 뭐랄까, 이전 작품들과 비교했을 때 필력이 상당히 좋아진 것 같아요. 문체도 변했고 전개 방식도 변했어요."

상현은 잠시 말을 멈추고 커피를 한 모금 마셨다. 테이블에 컵을 내려놓은 그는 다시 입을 열었다.

"그리고 형이 주로 쓰는 소재도 아니지만… 그래도 제일 큰 건 역시 필력이 좋아졌다는 거네요. 필력이라는 게 쉽게 정의할 수 없는 것이고, 막연하긴 하지만 확실히 뭔가 좋아졌어요. 제가 전문가가 아니라서 확실하게 정의해 드리기 힘드네요."

"얼마나 좋아진 것 같아?"

"마치 필력 상승을 조건으로 악마에게 영혼을 판 것 같아요."

"그 정도야?"

규현의 말에 상현이 고개를 끄덕였다. 스탯이 보이게 된 이후, 전보다 글 쓰는 속도도 빨라졌고 필력도 좋아진 것 같은 기분이 들었다. 규현은 그게 기분 탓이라고 생각했었지만 상현의 말을 들어보니 기분 탓은 아닌 모양이었다.

"네. 혹시 형, 진짜로 악마에게 영혼을 파신 건 아니겠죠?"

규현은 대답하지 않았다. 그저 커피가 담긴 컵을 내려다보았다. 이윽고 의미를 알 수 없는 표정으로 입을 열었다.

"어쩌면 팔았을지도 모르지."

그 말에 상현은 대답이 없었다. 대신 긴장한 얼굴로 규현을 보았다. 그런 그를 보며 규현은 미소를 지었다.

"너, 교양 수업 있잖아. 일어나 봐야지."

"이런! 늦었다! 형, 죄송해요. 먼저 가볼게요!"

"그래."

상현은 서둘러 가방을 챙겨 일어났다. 카페를 나서는 그의 뒷모습을 보며 규현은 미소를 지었다.

"나도 일어나 볼까."

규현은 단숨에 커피를 들이켜고 의자에서 일어났다. 버스 정류장으로 이동한 그는 버스가 한참 동안 오지 않자, 포기하고 택시를 타기 위해 발걸음을 옮겼다. 그때 벨소리가 울렸다. 규현은 스마트폰 화면을 확인했다. 모르는 번호였다.

하지만 출판사 관계자일 수도 있기 때문에 규현은 전화를 받았다.

"여보세요."

—정규현 작가?

상대는 대뜸 반말을 했다. 규현은 눈살을 찌푸렸다. 처음 듣는 목소리인데 반말이라니, 기분이 좋지 않습니다.

"그런데?"

—말이 좀 짧군.

눈에는 눈, 이에는 이. 규현은 반말로 대응했다. 그러자 상대방은 불쾌한 기색을 드러냈다. 아마도 자존심이 세거나 조금 높은 위치에 오른 인물인 것 같았다.

"먼저 반말을 했으니까."

—나 이상진 작가다.

이상진? 그 이름을 모를 리가 없었다. 장르 소설의 시작과 함께한 작가로 리디스 미디어의 주력인 그는 최근 규현의 소설 귀환 황제 전기를 표절하지 않았던가. 잊으라고 강요해도 잊기 힘든 이름이었다.

그런데 어떻게 그의 전화번호를 알았을까? 생각해 보면 리디스 미디어의 계약 작가인 상진이 그와 같은 계약 작가인 규현의 전화번호를 알아내는 것이 어렵지 않았을 것이다.

"그런데?"

─어이가 없네.

　여전히 반말을 고수하는 규현의 반응에 상진이 말했다. 자신의 정체를 밝히면 규현이 얌전해질 줄 안 것 같다. 하지만 유감스럽게도 규현의 성격은 그것과는 거리가 멀었다. 당하면 갚아주는 게 그의 성격이다. 그런 의미에서 상진은 규현을 잘못 건드렸다. 여러 의미로.

　"어이가 없는 건 난데."

　─단도직입적으로 말하지. 파워 블로거들 매수해서 날 공격하는 거 다 알고 있다. 그거 그만해.

　"왜 그래야 하지?"

　규현은 불쾌한 기색을 드러내며 말했다.

　─나와 리디스 미디어, 적으로 돌려서 좋을 건 없을 거다.

　상진의 말에 규현은 할 말을 잃었다. 그는 한동안 쉽게 말을 이어가지 못했다. 잠시 시간이 흐르고 정신을 가다듬은 뒤에서야 입을 열 수 있었다.

　"그거 협박으로 들리네."

　규현은 눈살을 찌푸렸다. 명백한 협박이었다. 기분이 좋지 않았다.

　─협박이 아니야. '충고'라고 해두지.

　"먼저 싸움을 걸어온 것은 그쪽 아닌가? 나는 먼저 걸어온 싸움을 피할 생각이 없어서 말이야."

―어린놈이 예의만 없는 줄 알았더니, 생각도 없군. 작품 하나가 인터넷에서 유명해졌다고 눈에 보이는 게 없나 봐?

　상진의 말에 규현은 대답하지 않았다. 말이 통하지 않는다는 것을 뒤늦게 깨달은 것이다. 힘들게 말해보았자 자신만 피곤해진다. 규현은 입을 닫은 대신 속으로 반드시 갚아줄 것을 다짐했다.

　―아무튼 잘 생각해 보는 게 좋을 거다.

　그 말을 끝으로 통화가 끝났다. 통화가 끝나고 집으로 돌아온 규현은 잠시 생각에 잠겼다. 재수 없게 말하긴 했지만 상진의 말이 틀린 것은 아니었다. 장르 소설계는 좁다. 이 좁은 장르 소설계에서 적을 만든다는 것은 폭탄을 들고 불구덩이에 뛰어드는 것과 같았다.

　이상진은 영향력 있는 작가였고 리디스 미디어도 판타지 제국에 비해선 작지만 장르 소설계에서 영향력 있는큰 출판사였다. 그 둘을 적으로 만들면 어떻게든 좋지 않은 영향이 올 게 분명했다. 하지만 그렇다고 해서 봐줄 생각은 없었다. 비굴했던 모습은 과거로 남겨두었다. 그렇게 다짐하며 글을 쓰려는 순간이었다. 스마트폰이 전화가 왔다는 것을 알렸다.

　"하아. 이것들이 돌아가면서……."

　규현은 머리가 아파오는 것을 느꼈다. 좀 전의 전화와는 달리 연락처에 등록되어 있는 전화번호였다. 바로 리디스 미디어의 기획팀장이었다. 전화를 무시하고 싶었지만, 그럴 경우 곤란해질 수도 있기 때문에 규현은 이를 악물고 전화를 받았다.

"여보세요."

―여보세요? 작가님?

스마트폰에서 기획팀장의 목소리가 들려왔다. 과거 기획팀장은 규현을 싫어했기 때문에 규현도 그를 그렇게 좋아하진 않았다. 그래서 별로 반가운 목소리는 아니었다.

"네, 말씀하세요."

규현의 말에 기획팀장은 근황을 묻는 것으로 대화의 문을 열었다. 일단 대화의 문이 열리자 그는 규현의 목소리에서 느껴지는 냉기를 녹이기 위해 분주하게 대화를 이어갔다. 한참 동안 떠들던 그는 규현의 기분이 나아지지 않을 것이라는 걸 깨달았다.

―본론을 말하겠습니다. 이제 그만하셨으면 좋겠습니다.

"무엇을 그만하라는 말이죠?"

규현은 아무것도 모른다는 순진한 목소리로 말했다.

―잘 아시지 않습니까?

기획팀장의 목소리가 낮게 깔렸다. 마치 규현을 위협하는 듯했다. 규현은 눈살을 찌푸리며 입을 열었다.

"표절 문제를 이야기하시는 겁니까?"

―그렇습니다.

규현의 물음에 기획팀장이 대답했다. 표절 문제라면 규현의 대답은 정해져 있었다.

"싫어요."

―하하하. 당연히 그러시… 네? 싫다고요?

"네. 그만둘 생각 없습니다."

규현은 확실하게 자신의 의사를 기획팀장에게 전달했다. 상진과 리디스 미디어의 사정을 봐줄 생각은 전혀 없었다.

―작가님, 장르 소설계에서 적을 만드는 것만큼 어리석은 행동은 없습니다. 아마 판타지 제국도 합의를 하는 것을 원하고 있을 겁니다.

기획팀장의 말도 맞았다. 이 좁은 바닥에서 적을 만든다는 것은 곧 자신의 행동에 상당한 제약이 따른다는 것을 의미했다. 그래서 장르 소설계라는 강에 발을 담그고 있는 모든 이는 적을 만드는 것을 가능한 피하고 있었다.

"판타지 제국에서 합의를 원한다니 무슨 말이죠?"

규현이 물었다. 판타지 제국이 합의를 원한다는 소리는 처음 듣는 것이었다. 불길한 예감이 들었다.

―판타지 제국이 거대한 출판사이긴 하지만 저희와 등을 돌리는 것은 원하지 않을 겁니다. 저희가 합의를 요청하면 언제든지 받아들일 거예요. 단지 제가 작가님께 연락을 드리

는 것은 작가님을 배려해서입니다.

"하지만 제 생각은 변함없습니다."

기획팀장은 자신만만하게 말했다. 규현은 변함없는 태도를 유지했다. 판타지 제국? 만약 리디스 미디어와 합의를 하고 조용히 덮자고 한다면 판타지 제국을 버리면 된다.

버림받아 왔던 인생은 끝났다. 조금 아쉽기는 하지만 판타지 제국만큼 좋은 출판사와 매니지먼트는 많았다. 귀환 황제 전기가 완결나면 새로운 소설을 쓰면 된다. 실험이 조금 필요하겠지만 규현은 자신에게 생긴 능력이 스탯창이 보이는 것이 끝이 아니라고 생각했다. 능력의 발현과 필력의 상승. 결코 우연이 아니었다. 그게 사실이라면 더 재밌는 소설을 쓸 자신이 있었다.

—작가님, 후회하실지도 모릅니다.

슬슬 지겨웠다. 그놈의 후회할지도 모른다는 말, 이제 그만 들었으면 좋겠다.

"팀장님이나 후회하지 마세요."

그렇게 말하며 규현은 전화를 끊었다.

*　　　　　*　　　　　*

8월이 되면서 날씨는 한층 더워졌다.

"작은 에어컨이라도 사야겠다."

규현이 지내는 원룸에는 에어컨이 없었다. 선풍기가 작동 중이었지만 더위는 쉽게 물러가지 않았다. 더위에 시달리면서 규현은 에어컨을 하나 사야겠다는 생각을 했다. 7월의 인세가 들어오면서 6,000만 원이 넘는 돈이 규현의 통장에서 써주기를 기다리고 있었다.

똑똑.

"택배 왔습니다."

"벌써 도착했나?"

노크 소리와 함께 밖에서 들리는 택배원의 목소리에 규현은 기다렸다는 듯이 의자에서 일어나 현관으로 발걸음을 옮겼다. 문을 열자 택배원은 어디로 갔는지 찾아볼 수 없었고 적당한 크기의 박스만이 문 옆에 놓여 있었다.

빛의 속도로 사라지는 택배원의 모습에 규현은 많이 바쁜가 보다, 라고 생각하며 박스를 들어 올렸다. 조금 무겁긴 했지만 들지 못할 정도는 아니었다. 집 안으로 가지고 들어간 그는 커터 칼로 박스 해체 작업에 들어갔다. 해체가 끝나자 20권의 책이 모습을 드러냈다. 규현은 책을 들어 올렸다.

[귀환 황제 전기]
분류: 현대 판타지.

종합 등급: B.

30일 뒤 예상 반품률: 50%

규현이 문학 왕국에서 연재 중인 귀환 황제 전기였다. 문학 왕국에서 많은 인기를 끈 덕분에 판타지 제국에서 종이책 출판을 진행한 것이다. 예상 반품률 50%면 상당히 괜찮은 수준이었다. 규현의 전 작품들은 100%가 대부분이었기 때문이다.

"표지도 좋네."

1권과 2권, 각각 열 권씩. 작가 증정본의 상태를 점검한 규현은 컴퓨터 앞에 앉았다. 그리고 비인기 작가들이 들어가기를 가장 꺼려한다는 대여점 닷컴에 접속했다. 대여점 닷컴엔 대여점에 입고되는 모든 장르 소설의 정보가 올라가 있다. 대여점 점주들의 댓글을 바탕으로 입고율과 반품률이 정해지기도 하는 심판의 장소이기도 했다.

"흠."

규현은 자신의 작품이 있는 페이지를 클릭했다. 그리고 댓글을 확인했다.

대여점 김사장: 입고요.

아저씨가 간다: 30대 남자 중상. 20대 남자 중상. 20대 여자

중. 입고합니다.

　작은 악마: 작가가 신인이라 일단 미입고하고 상황을 지켜봄.

　겨울: 9/8 지금까지는 잘나가는 듯.

　규현의 입가에 미소가 그려졌다. 이전까지 규현이 제일 많이 봤던 댓글은 '반품합니다'와 '하차합니다'였다. 그런데 대여점 닷컴의 귀환 황제 전기 페이지에 달린 댓글들은 대부분이 입고를 외치고 있었다.

　대여점 닷컴 반응을 확인한 규현은 인터넷에 귀환 황제 전기를 검색했다. 문학 왕국 베스트 3위권에 빛나는 작품답게 상당히 많은 게시글이 올라와 있었고 리뷰도 많았다. 대부분이 우호적인 반응을 보이고 있었다. 쓰디쓴 충고를 하는 리뷰어도 있었지만 많지 않았다. 리뷰도 별로 없고 그나마 있는 것도 거의 무조건적인 비난 폭격을 한 전 작품들과 비교가 될 정도였다.

　인터넷 검색을 끝낸 규현은 책을 나눠 주기 위해 상현에게 전화를 걸었다.

　―형? 무슨 일이세요?

　"귀환 황제 전기 책으로 나왔다. 필요한 사람들 있으면 나눠주라고 다섯 권 정도 주려고 하는데, 시간 돼?"

　―마침 내일이 공강이네요. 내일 1시 어떠세요? 제가 갈게

요. 공원에서 만나죠.

"그래. 그때 만나자."

그날은 다른 스케줄이 없었기 때문에 규현은 흔쾌히 대답하고 전화를 끊었다.

다음 날이 찾아왔다. 집에서 간단하게 점심을 해결한 규현은 가벼운 옷차림으로 집 앞 공원으로 향했다. 약속 장소에 도착하니, 이미 상현이 먼저 와서 기다리고 있었다. 규현을 발견한 상현은 밝은 표정으로 입을 열었다.

"오셨어요?"

"늦어서 미안."

"아직 10분 정도 남았는걸요."

상현의 말에 규현은 스마트폰을 꺼내 시간을 확인했다. 상현의 말대로 10분 정도 시간이 남아 있었다.

"일찍 왔네."

규현이 말했다. 그가 아는 상현은 평소 일찍 다니는 성격이 아니었다.

"책 주신다는데, 일찍 와야죠."

상현은 그렇게 말하며 웃었다. 규현도 미소를 지으며 가방에서 책을 꺼냈다.

1권과 2권 각각 다섯 권씩이었다. 이미 규현으로부터 몇 번 책을 받은 적 있는 상현은 가져온 큰 가방에 책을 집어넣었다.

"고맙다."

책을 넣는 상현을 보며 규현이 넌지시 고마움을 표했다. 상현이 고개를 들었다.

"오히려 제가 고맙죠. 덕분에 재밌는 책도 받아가는데요. 일단 한 권은 현지 주면 되겠네요. 좋아할 것 같아요."

책을 다 집어넣은 상현은 가방을 들어 올렸다.

"그럼 가볼게요."

규현이 고개를 끄덕이자 상현은 지하철역이 있는 방향으로 발걸음을 옮겼다. 상현의 모습이 사라질 때까지 그의 뒷모습을 눈으로 좇은 규현은 가볍게 몸을 풀고는 백화점으로 향했다. 내일이면 본가로 내려가야 했기 때문에 준비할 게 몇 가지 있었다.

백화점에 도착한 규현은 쇼핑을 시작했다. 부모님께 드릴 한우 세트와 넥타이 등을 구매했다. 상등품을 구매했기 때문에 계산할 때 제법 많은 금액이 나왔으나 잔고는 충분했기 때문에 규현은 망설임 없이 카드를 긁었다. 선물을 사 들고 집에 돌아온 규현은 물건을 정리한 뒤 독서를 시작했다. 오늘 써야 할 분량은 물론이고 비축분까지 집필한 상황. 독서를 할 여유는 있었다.

사실 독서라기보다는 일종의 분석이었다. 스마트폰으로

책을 읽는 것에서 끝내지 않고 규현은 읽은 작품의 줄거리를 필기하고 문체와 전개 방식을 분석했다. 그리고 마지막으로 스탯을 확인하여 수첩에 필기했다.

"후우."

한참의 시간이 흐른 후, 규현은 팔이 상당히 아프다는 것을 깨닫고 한숨을 내쉬며 굳은 몸을 풀었다. 시간을 확인하니 밤 11시가 넘어 있었다. 규현은 불을 끄고 침대에 누웠다. 얼마 지나지 않아서 그는 잠에 빠져들었다.

다음 날 새벽에 일어난 규현은 부모님께 드릴 선물을 챙겨 택시를 타고 시외버스 터미널로 향했다.

"진주 한 명이요."

"25,000원입니다."

차표를 끊은 규현은 대합실 의자에 앉아 버스를 기다렸다. 5분 정도 기다리니 버스가 도착했고 규현은 버스에 올라탔다. 이윽고 버스가 출발했다. 4시간에 가까운, 짧지 않은 여행 끝에 규현은 그리운 본가가 있는 진주에 도착할 수 있었다. 짐도 많고 터미널에서 본가가 있는 곳까진 멀지 않았기 때문에 규현은 택시를 타고 이동했다.

띵동―

본가에 도착한 규현은 초인종을 눌렀다. 곧 문이 열렸고 규현은 마당을 통해 집 안으로 들어갔다.

"아이고! 아들!"

현관문을 열자 규현의 어머니가 달려와 규현을 반겼다. 방금 전까지 부엌에 있었던 것인지 앞치마를 두르고 있었다. 어머니와 짧은 대화를 나누며 안으로 들어가니 먼저 온 친척 어른들과 아버지가 보였다.

"벌써 식사 준비하고 계신 거예요?"

"그럼, 사람이 몇 명인데. 미리 준비해야지."

어머니는 그렇게 말하며 미소를 보였다.

"그럼 엄마는 일하러 갈게."

"네."

어머니는 그렇게 말하며 부엌으로 향했고 규현은 아버지와 친척 어른께 인사를 했다. 선물도 건네지 못하고 그것을 가지고 자신의 방으로 올라갔다. 오랜만이었다. 서울로 대학에 진학한 후, 1년에 두세 번밖에 찾지 않은 방은 부모님이 늘 청소를 해준 덕분에 먼지 하나 찾을 수 없을 정도로 깨끗했다. 긴 여행으로 지친 규현은 침대에 누워 잠시 눈을 붙였다.

＊　　　　＊　　　　＊

"내려와라. 어른들 오셨다."

얼마나 잤을까. 아버지의 목소리에 규현은 잠에서 깨어났다. 제대로 잠을 자지 못한 탓에 피로는 그대로였다. 누적된 피로에 살짝 짜증이 났지만 규현은 표정을 관리하며 계단을 내려갔다. 거실에는 친척들 대부분이 와 있었다.

"안녕하세요."

"그래, 규현아. 오랜만이다. 큰 아버지 기억하지?"

"나도 기억하지? 서울에 올라가더니 얼굴이 훤해졌네."

친척들이 다가와 말을 걸었고, 규현은 가벼운 미소를 머금은 채 대답했다. 서로의 존재를 확인하는 의식(?)이 끝나고 거실에 모두 착석했다.

"기석아, 이번에 큰 아들이 대한 전자에 취직했다며?"

큰 아버지가 작은 아버지의 큰 아들에 대한 이야기를 꺼내는 것으로 자랑의 문을 열었다.

"예, 큰 형님. 녀석이 서울대 졸업하더니, 대기업 공채에 당당히 합격을 해버리네요."

"그래, 축하한다."

친척들이 부러운 눈으로 작은 아버지를 보았다. 대한 전자면 대한 그룹의 계열사로 높은 연봉을 주는 것으로 유명하다. 당연한 이야기지만 들어가는 것조차 쉽지 않다.

"그런데, 큰 형님. 경주도 얼마 전에 취직했다고 하시지 않으셨습니까?"

가는 게 있어야 오는 게 있다는 말이 있다. 작은 아버지는 자신이 자랑할 수 있는 기회를 만들어준 큰 아버지도 자랑할 수 있도록 밑밥을 깔아 주었다.

"우리 경주? 중소기업에 취직했어. 초봉이 3천만 원이라고 하더라."

"중소기업이 초봉 3천만 원이면 많이 주는 거죠! 초봉 엄청 많이 주는 겁니다!"

"그런가? 하하하!"

그들을 시작으로 친척들은 저마다 잘된 자식들 자랑을 늘어놓았다. 1년 전이었다면 규현은 듣는 것조차 괴로웠을 테지만, 어느 정도 성공을 했기 때문에 멘탈은 흠집조차 나지 않았다. 하지만 규현의 성공 사실을 알지 못하는 아버지는 불편한 표정이었다.

"작은 형님, 요즘 규현이는 뭐 하고 삽니까?"

"아직 졸업도 못 했어."

아버지의 대답에 작은 아버지의 표정이 묘하게 변했다.

"그러고 보니까 휴학을 몇 번 했다고 하였지요? 규현아, 그렇게 좋은 대학도 아닌데, 오래 붙어 있어보았자 좋을 것 없다. 빨리 졸업하고 취직하렴."

"저 취직할 필요 없는데요?"

"응?"

규현의 대답에 작은 아버지는 영문을 모르겠다는 표정을

지었다. 옆에 있던 큰 아버지가 입을 열었다.

"취직할 필요 없다니, 그런 미친 소리 하지 마라."

"정말 취직할 필요 없어요. 저 글 쓰면서 돈 벌고 있거든요."

"설마 그 판타지 소설인지 뭔지 계속 쓰고 있었던 거냐?"

큰 아버지는 황당하다는 얼굴이었다. 아직까지 대한민국의 나이 많은 사람들에게 장르 소설에 대한 인식은 좋지 않은 경우가 대부분이었고 규현의 큰 아버지 역시 마찬가지였다.

"예."

규현이 고개를 끄덕이자 큰 아버지가 입을 열었다.

"아직 철이 덜 들었군. 그까짓 글 써서 얼마나 번다고."

"월 3,000만 원이요."

규현의 말에 거실에 침묵이 내려앉았다. 친척들은 쉽게 말을 꺼내지 못했다. 놀란 게 아니라 어이가 없어서였다.

"규현이 네가 월 3,000만 원을 번다고?"

"작은 아버지도 믿기지 않는구나. 월 3,000만 원을 번다는 게 말이 된다고 생각하니?"

큰 아버지는 말도 안 되는 소리 하지 말라며 고개를 저었고 작은 아버지도 불쾌한 표정으로 말했다.

"규현아, 어른들 놀리면 못 써."

아버지도 규현이 장난을 친다고 생각했는지 엄격한 표정으로 호통을 쳤다. 모두가 믿지 않으니 규현은 기분이 좋지 않았다. 스마트폰으로 계좌 조회라도 해서 보여줘야 하나, 라고 생각했지만 너무 오버하는 것 같아서 그만두기로 했다.

"알아서들 생각하세요."

기분은 좋지 않았지만 규현은 가볍게 생각하기로 했다. 친척들이 의심한다고 해서 매달 받는 인세가 줄어드는 것은 아니었다. 누가 뭐라고 해도 규현이 월 3,000만 원에 가까운 인세를 받는 작가라는 사실은 변하지 않는 사실이었다.

그걸로 되었다. 굳이 친척들에게 자신이 월 3,000만 원을 번다는 사실을 적극 어필할 필요는 없다고 규현은 생각했다. 방금 전에 월 3,000만 원이라고 대답한 것도 먼저 물어보았기 때문에 대답한 것이었다.

"아직 학생이라고는 하지만, 돈을 못 벌면 정직하기라도 해야지. 그러면 안 돼."

"잠시 실례하겠습니다."

"할 말 없으니까 일어나는 거 봐라. 그러니까 거짓말은 하는 게 아냐."

친척들은 규현이 월 3,000만 원 번다는 것을 거짓말이라고 생각하며 그를 둘러싸고 이 흥미로운 화제에 대해 이야기했다. 규현은 한숨을 쉬며 일어나겠다고 말하며 자리에서 일어났다. 규현이 자리에서 일어나자 기다렸다는 듯이 작은 아버지가 호통쳤다. 규현은 고개를 저으며 2층의 방으로 올라갔다.

"규현아."

방문을 열려는 순간 아버지의 목소리가 들렸다. 규현은 문고리에서 손을 놓고 뒤로 몸을 돌렸다.

"예. 아버지."

"아무리 자존심이 상해도 그렇지. 거짓말은 하면 안 된다."

"저 진짜 3,000만 원 벌어요."

규현은 힘없이 말하며 방으로 들어갔다. 그리고 미처 건네주지 못했던 한우 세트와 넥타이 등의 선물을 가지고 나왔다.

"이게 뭐냐?"

"선물이에요, 아버지."

아버지는 규현이 건넨 선물을 살펴보았다. 그리고 상당히 놀란 얼굴로 입을 열었다.

"규, 규현아, 이거 한우 아니냐? 그리고 이 넥타이도 상당히 비싼 건데."

아버지는 놀란 듯했다. 그럴 수밖에 없는 게 그동안 규현은 월 100만 원도 간신히 벌어먹고 살았기 때문에 부모님을 챙길 여유가 거의 없었다. 없는 여유에도 불구하고 가끔 양

말과 내복 정도는 선물로 보냈으나, 이렇게 비싼 선물을 가져온 적은 없었다.

"규현이, 너… 정말로……."

평소 가지고 싶었지만 너무 비싸서 엄두도 못 냈던 넥타이, 그리고 상당히 비싸 보이는 한우 세트까지. 그제야 아버지는 규현이 월 3,000만 원을 번다고 한 게 거짓말이 아닐지도 모른다는 생각을 했다.

"진짜예요. 사람 말을 왜 못 믿으세요?"

규현은 서운한 얼굴로 말하며 침대에 누웠다. 졸음이 쏟아졌다.

"새벽에 일어나서 버스 타고 내려왔더니 저 피곤해요."

"규현아, 어른들도 계신데 1층에 있는 게 좋지 않겠니? 그리고 다른 사람들도 곧 올 거야."

"그럼 그 사람들 오면 불러주세요. 너무 피곤하네요."

아버지는 규현을 타일러 보았지만 그의 태도는 변하지 않았다. 규현은 지금 상당히 피곤했고 휴식이 필요했다. 그리고 어차피 자주 보지도 않는 친척 어른들 상대할 필요는 없다고 생각했다.

"피곤하다면 어쩔 수 없지. 그럼 나중에 부르마."

아버지는 그렇게 말하며 규현의 방에서 나갔다. 계단을 내려가는 발소리가 희미하게 들렸다. 그 소리를 들으며 규현은 잠에 빠져들었다.

*   *   *

"아들, 일어나렴."

어머니의 목소리를 들으며 규현은 잠에서 깨어났다. 옆에 뒹굴고 있는 스마트폰을 주워 시간을 확인했다. 5시였다.

"어른들 다 오셨어."

"네."

규현은 대답과 함께 가볍게 몸을 푸는 것으로 잠기운을 떨쳐 냈다. 그리고 어머니를 따라 1층으로 내려갔다. 거실에 모여 있는 사람들의 수를 보니, 모일 사람들은 다 모인 것 같았다. 그들은 서로의 근황, 즉 자랑거리를 늘어놓으며 자기 자식이 얼마나 잘 나가고 있는지 어필하고 있었다. 그 모습에 규현은 고개를 저으며 자리를 찾아가 앉았다. 이미 친척들에게 규현은 다른 차원의 사람이었다. 관심 자체가 없었다.

규현은 차라리 무관심이 더 낫다고 생각했다. 그랬기에 그는 편안한 얼굴로 친척들의 말씀을 경청했다. 다만, 다른 친척들이 자랑을 한참 하고 있을 때 아버지가 입을 다물고 있는 그 모습은 안타까웠다. 친척들의 수다는 제사가 시작될 때까지 계속되었다. 제사가 끝나고 음복을 하고 나서도 그들은 자기 자식의 자랑을 이어갔다.

"이만 가보마."

"오늘 고생이 많았다."

가까운 곳에 살고 있는 친척들은 그렇게 말하며 하나 둘씩 현관을 통해 나갔고, 집이 멀리 있는 사람들만 남았다. 친척 어른들이 잠자리에 드는 것을 확인한 규현은 하품을 하며 2층으로 올라갔다.

다음 날 아침 일찍 일어난 규현은 친척들이 모두 돌아간 것을 확인하고 어머니와 아버지를 불렀다.

"무슨 일이냐."

전날 여러 가지 일이 있었던 탓에 아버지는 복잡한 얼굴로 앉았다. 부모님을 보며 규현은 미리 준비해 둔 통장을 부모님께 건넸다. 1,000만 원이 들어 있는 통장이었다.

"이게 무엇이냐?"

아버지는 그렇게 말하며 통장을 확인했다. 1,000만 원이 들어 있다는 것을 확인한 그는 두 눈을 동그랗게 떴다. 아버지의 그런 반응에 어머니도 통장을 확인했다. 어머니의 반응도 아버지와 크게 다르지 않았다. 놀라서 입을 열지 못하는 부모님을 위해 규현이 입을 열었다.

"그동안 챙겨 드리지 못해서 죄송했어요."

그렇게 말하며 규현은 고개를 숙였다. 하나밖에 없는 아들로서 당연히 챙겨 드려야 했는데, 혼자 먹고살기도 바빠서 부모님을 챙기지 못했다. 그래온 것을 규현은 뼈저리게 후회하고 있었다.

"네 아버지 퇴직금도 아직 남아 있는데, 그것보다 어디서 난 돈이니?"

어머니가 걱정스러운 시선을 보낸다. 갑작스러운 규현의 변화에 적응하지 못한 것 같았다. 아마도 어머니는 규현이 불법적인 일을 한 것은 아닐까, 하고 걱정하는 것 같았다.

"이번에 쓴 글이 대박 났어요. 그동안 등록금 내주신 거 갚는 거예요. 그렇게 생각하고 받아주셨으면 좋겠습니다."

"네 입장도 있으니 거절하지는 않으마."

어머니와 달리 아버지는 조금 머뭇거리긴 했지만 곧 통장을 집어넣었다.

"그쪽 일은 나도 잘 모른다. 하지만 이렇게 돈을 써도 되는 거냐?"

아버지가 우려 섞인 목소리로 말했다. 규현은 미소를 지었다. 대한민국에서 장르 소설 작가라는 직업의 벌이가 일정하지 못한 것은 사실이었다. 전작을 대박 쳐도 차기작이 망하는 경우가 가끔씩 있었으니까. 하지만 규현은 망하지 않을 자신이 있었다. 지금 그가 가지고 있는 능력을 잘 활용한다면 절대로 망하지 않을 것이다. 애초에 망하는 글이 다 보이니까, 초반에 포기하면 되는 것이다.

"걱정 마세요, 아버지. 저는 다른 작가들과는 달라요."

─이상진 작가를 포기하는 게 좋지 않겠어요?

스마트폰 너머로 들리는 조용조용한 목소리. 목소리만 들어도 부드러워 보이는 인상의 남자가 연상된다. 하지만 그 부드러운 어조에 실린 말의 무게는 결코 가볍지 않았다. 리디스 미디어 사장 최철수의 말에 기획팀장인 조찬호는 굳은 얼굴로 생각에 잠겼다.

문학 왕국의 신인 작가 한 명과의 계약 때문에 고양까지 온 찬호는 이상진 작가의 상황이 좋지 않다는 기획팀 직원의 전화를 받았다. 그리고 그 전화를 끊기 무섭게 철수로부터 전화가 온 것이다.

"사장님, 이상진 작가를 포기해선 안 됩니다."

─왜죠?

철수가 이유를 물었다. 철수의 입장에선 찬호의 대답이 이해가 가지 않았다. 상진이 리디스 미디어의 간판 작가라고는 하지만 현재 판타지 제국의 대대적인 반격을 받아 그렇지 않아도 썩 좋지 않았던 이미지가 완전히 바닥을 치고 있었다.

장르 소설계에서도 작가의 이미지는 어느 정도 영향을 주기 때문에 이 상황은 치명적이었다. 실제로 문학 왕국에서 연재 중인 상진의 작품은 상당한 타격을 입은 상태였다. 그 많던 광팬들도 하나둘씩 등을 돌리고 있었다.

철수는 지금 이를 악물고 상진을 쳐내야 한다고 생각하고 있었지만 찬호의 생각은 다른 듯했다.

"이상진 작가는 1세대 작가입니다."

—예. 그건 저도 잘 알고 있죠.

"지금 1세대 작가들 중에 장르 소설을 계속 쓰는 작가가 몇 명이나 된다고 보십니까?"

찬호가 물었다. 철수는 잠시 생각을 정리했다. 1세대 작가들의 수는 우선 많지 않았고, 거기서 지금까지 계속 장르 소설계에 머무르고 있는 작가의 수는 더욱 적었다. 철수가 쉽게 대답하지 못하자 찬호는 입을 열었다.

"2명입니다. 정현도 작가와 이상진 작가. 그런데 정현도 작가는 이번 작품을 마지막으로 장르 소설계에서 떠난다고 선언했습니다."

1세대 장르 소설은 지금의 장르 소설과 많이 다르다. 1세대 작가들은 현 장르 소설 시장에 적응하지 못하는 등의 여러 이유 때문에 은퇴를 선언하는 경우가 많아졌다. 1세대 장르 소설의 왕이라고 불리는 김상균 작가의 은퇴를 시작이 그 현상에 불을 붙였고 끝내는 정현도 작가와 이상진 작가 밖에 남아 있지 않았다. 정현도 작가는 워낙 필력이 뛰어나서 시장이 변해도 그를 찾는 독자들이 많았고, 이상진 작가는 '참고'의 힘으로 여기까지 올라왔다.

상진의 편을 드는 독자가 유난히 많은 것도 얼마 남지 않은 1세대 판타지 소설 작가를 잃고 싶지 않다는 마음이 작용했을 것이다.

—정현도 작가가 떠나면 남은 1세대 작가는 이상진 작가가 유일하겠네요.

"그렇습니다. 그렇게 되면 저희는 1세대 작가를 보유한 유일한 출판사가 됩니다."

—하지만 이상진 작가에 대한 인터넷 분위기는 좋지 않을 텐데요. 이건 판매량에도 영향을 끼칠 거예요.

철수가 우려를 표했다. 유일하게 남은 1세대 작가라고 해도 이렇게 악명을 떨치는 것은 문제가 있었다. 적어도 철수는 그렇게 생각했다.

"불은 언젠가는 꺼집니다. 그리고 장르 소설을 읽는 독자들은 하나의 사건을 길게 물고 늘어지지 않아요. 지금도 판타지 제국에서 매수한 블로거들이 떠드는 바람에, 이렇게 된겁니다. 판타지 제국과 합의만 하면 공격은 중지될 것이고, 우리는 후일을 도모할 수 있을 겁니다."

—흠.

찬호의 긴 설명이 끝나고 철수는 깊은 생각에 잠겼다. 어쩌면 지금 하게 될 선택이 리디스 미디어의 존망을 결정하게 될지도 모른다고 철수는 생각했다. 그래서 그는 쉽게 결정을 내릴 수 없었다.

"프로모션을 진행하더라도 이상진 작가가 있으면 그럴듯하게 진행할 수 있습니다."

철수가 쉽게 결정을 내리지 못하자 찬호는 상진을 잡으면 얻어낼 수 있는 이점 여러 개를 설명했다.

─좋아요. 이상진 작가, 살려보세요.

"감사합니다."

드디어 철수가 결정을 내렸다. 찬호를 마치 철수가 앞에 있는 것처럼 고개를 숙여 감사를 표했다.

─꼭 살려야 합니다.

"맡겨주세요. 반드시 살리겠습니다."

대화가 끝나고 전화가 끊어졌다. 철수와의 통화를 끝낸 찬호는 스마트폰의 연락처 검색 기능을 이용해 어떤 전화번호를 찾아냈다. 판타지 제국 기획팀장 차병호의 전화번호였다. 찬호는 스마트폰을 터치하여 병호에게 전화를 걸었다.

─여보세요.

길게만 느껴졌던 통화음이 끝나고 병호가 전화를 받았다.

"후우!"

찬호는 안도의 한숨을 내쉬었다. 병호와 관계는 좋지 않았기 때문에 자신의 전화를 무시할 수도 있다고 생각했던 것이다. 하지만 그런 그의 생각과는 다르게 병호는 공과 사의 구별이 확실했다.

―조 팀장님, 말씀하세요.

"차 팀장님, 오랜만입니다."

서로 간단한 인사를 주고받았다.

―용건만 간단히 말해주세요.

병호가 말했다. 통화를 길게 이어가기 싫은 모양이었다.

"그럼 단도직입적으로 말하겠습니다. 이상진 작가를 향한 공격, 멈춰주시죠."

―무슨 말씀인지 모르겠습니다.

병호는 시치미를 뗐다. 능청스럽게 말하는 병호의 태도에 찬호는 이를 살짝 악물었다.

"다 알고 있습니다."

―그을쎄요. 무슨 말씀인지 전혀 모르겠습니다만.

"그냥 멈춰 달라고는 하지 않습니다. 저희도 조건을 걸겠습니다."

―일단 말씀해 보세요. 들어는 보겠습니다.

조건을 걸겠다는 말을 하기 무섭게 병호의 태도가 변했다. 찬호는 입가에 슬며시 미소를 그리며 입을 열었다.

"일단 만나서 얘기하고 싶은데, 지금 시간 되십니까?"

─마침 제가 시간이 되는군요. 저번에 만났던 곳에서 만나죠. 30분 후에.

병호는 일방적으로 약속을 잡고 전화를 끊었다. 찬호는 시간을 확인했다. 30분 안에 도착하려면 서둘러야 했다. 하지만 이동하기 전에 해야 할 일이 있었다. 찬호는 철수에게 전화를 걸었다.

─무슨 일이죠?

"전권을 제게 위임해 주십시오. 반드시 살리겠습니다."

─알겠어요. 반드시 살리세요.

철수는 쿨하게 승낙했고 찬호는 약속 장소로 이동했다. 그는 지하철과 택시를 이용하여 약속 시간에 아슬아슬하게 맞춰서 약속 장소인 카페에 도착할 수 있었다.

카페 문을 열고 들어가자 구석진 자리에서 커피를 마시고 있는 병호의 모습을 볼 수 있었다. 찬호를 발견한 병호는 손을 들어 올려 가볍게 인사했다. 찬호도 고개를 끄덕이며 발걸음을 옮겼다.

"진짜 나오셨군요. 정규현 작가는 알고 있습니까?"

찬호의 말에 병호는 입가에 미소를 머금은 채 고개를 저었다.

"아뇨."

"만약 알게 되면 사이가 나빠질 텐데… 뭐 그건 제가 상관

할 건 아니지만요."

찬호가 말했다. 병호는 입꼬리를 끌어 올려 웃었다.

"아쉬운 건 정규현 작가 쪽입니다. 설마 저희 출판사를 뛰쳐나가기라도 할까요. 그리고 중요한 건, 저는 단지 조건을 확인하러 나왔다는 겁니다. 그 어떤 것도 결정되지 않았어요."

그 어떤 것도 결정되지 않았다. 그 말에 찬호의 얼굴이 굳었다. 하지만 곧 그는 표정을 관리하며 입을 열었다.

"본론으로 들어가겠습니다. 저희가 최근 문학 왕국 배너 하나를 대여했다는 거 알고 계시겠죠?"

문학 왕국 배너의 수는 한정되어 있고 각 출판사와 매니지먼트에서 홍보해야 할 소설은 많았다. 그래서 문학 왕국은 배너를 출판사와 매니지먼트에 대여하거나 판매해 왔다.

그 경쟁은 치열해서 사는 것은 하늘에 별 따기였고 대여하는 것도 쉬운 일은 아니었다. 리디스 미디어는 최근 문학 왕국에서의 경쟁력을 높이기 위해 배너 하나를 대여하는 것에 성공했다. 아직 문학 왕국엔 진출한 지 얼마 되지 않아서 약세였지만 장르 소설계 전체로 볼 때 리디스 미디어는 작은 출판사는 아니었다. 그래서 그들이 진심으로 하니까 배너를 하나 정도 대여하는 것은 어렵지 않았다.

"예. 들었습니다."

병호가 대답했다. 판타지 제국의 주요 시장은 문학 왕국이었기 때문에 관련 정보에 민감했다. 리디스 미디어의 문학 왕국 진출 계획은 오래전에 파악한 상태였다.

"그 권한을 판타지 제국에 양도해 드리죠."

"현재 저희는 배너 3개를 영구 구매 하였고, 2개를 대여 중입니다. 조 팀장님의 제안은 크게 매력적이지 않네요."

판타지 제국은 문학 왕국의 배너 20개 중에 3개를 영구적으로 구매했다. 그리고 2개를 대여 중이었다. 그런 그들의 입장에서 볼 때 리디스 미디어 기획팀장 찬호의 제안은 크게 매력적이지 않았다.

"저는 끝이라고 한 적 없습니다."

"더 있으시다는 말씀이십니까?"

병호의 두 눈이 반짝였다. 그의 감이 찬호가 쓸 만한 이야기를 꺼낼 것이라고 속삭이고 있었다.

"이상진 작가의 작품을 대표로 해서 북페이지에서 프로모션을 진행할 예정입니다. 물론 판타지 제국에서 이상진 작가를 살려줘야 가능한 일이지만요."

북페이지는 대한민국에서 가장 큰 전자책 판매 사이트다. 규모가 큰 만큼 인기 작가를 세워서 프로모션을 진행한다면 큰 이익을 올릴 수 있다.

"일단 계속해 보시죠."

"그 프로모션에 판타지 제국의 신인 작가들의 작품을 넣어드리겠습니다."

병호는 고민했다. 이상진 작가. 현재 장르 소설계에서 펜을 놓지 않은 몇 안 되는 1세대 장르 소설 작가였다. 그가 가지는 이름은 결코 가볍지 않았다. 펜을 놓지 않은 1세대 작가인 만큼 광팬의 수도 아주 많았다. 물론 최근 파워 블로거들의 공격으로 적지 않은 수의 광팬들이 떠났지만 아직까지 그를 믿는 독자들은 많았다.

판타지 제국이 이상진 작가에 대한 공격을 멈춘다면 돌아올 독자들의 수도 많았다. 그런 상진을 대표로 내세워서 대규모 프로모션을 진행하고, 거기에 신인 작가들의 작품을 대거 꽂을 수 있다면 판타지 제국에서도 상진을 놓아주는 게 손해 보는 장사는 아니었다.

"사장님께 전화해 보고 오겠습니다."

"네."

병호는 전화를 걸기 위해 잠깐 카페 밖으로 나갔다. 찬호는 그사이 커피를 주문했다. 주문한 커피가 나오고 설탕을 조금 넣고 마시고 있을 때, 병호가 다시 들어왔다. 찬호는 말없이 병호를 지긋이 바라보았다. 병호는 씨익 웃으며 입을 열었다.

"그렇게 합시다."

두 출판사를 나락으로 인도할 비밀스러운 거래가 성사되는 순간이었다.

*   *   *

본가에서 서울의 원룸으로 돌아온 지 며칠의 시간이 흘렀다. 규현은 문학 왕국에 연재 예약을 걸어두고 상진이 얼마나 무너졌는지 확인하기 위해 커뮤니티에 들어갔다.

"뭐야, 이거."

커뮤니티에 들어간 규현은 당황했다. 그동안 바빠서 커뮤니티에 접속하지 못한 며칠 동안 여론이 완전히 달라져 있었다.

백시광: 하긴, 장르 소설계에서 표절이 있을 리가 없지. 작가들 생각이 다 거기서 거기 아닌가? 이걸로 표절 인정 하면 끝도 없다.

길가는 꼬마: 수호자 작가가 조금 과민반응한 듯. 이해는 하지만 이 바닥 소재가 거기서 거기잖아요? 안 그래요?

매그라: 이제야 커뮤니티 조용해지겠네.

방황하는 독자: 어! 실비아 죽인 매그라다! 실비아 살려내라!

매그라: 자러 감.

상진을 공격하던 알바들이 갑자기 태세를 전환하여 상진의 편을 들기 시작했다. 다수가 상진의 편을 들자 상진을 공격하고 있던 독자들 또한 거대한 파도에 휩쓸려 공격하는 것을 멈추고 편을 들고 있었다.

규현은 스마트폰을 꺼내 담당 편집자인 하은에게 전화를 걸었다. 뭔가 잘못되고 있었다. 확인이 필요했다.

─여보세요.

하은이 전화를 받았다. 사무적인 그 목소리가 조금 흔들리고 있었다. 역시 그녀는 뭔가 알고 있는 게 분명했다.

"어떻게 된 일이죠?"

─그렇지 않아도 작가님에게 말씀드리려고 했습니다. 이상진 작가와 원만하게 해결해 주시면 안 되겠습니까?

하은의 대답에 규현은 뒤통수가 얼얼해지는 것 같았다. 뒤통수를 제대로 한 방 얻어맞았다. 분위기를 보니까 이미 판타지 제국과 리디스 미디어는 뭔가 이야기가 오고 간 것 같았다. 비공식적인 도움을 말하며 도움을 약속했던 판타지 제국이 자기 몰래 리디스 미디어와 합의를 할 줄은 몰랐다.

"일단 끊을게요. 나중에 이야기하죠."

─작가······.

하은의 목소리가 들렸지만 규현은 단호하게 전화를 끊었

다. 그리고 기획팀장인 병호에게 전화를 걸었다. 담당 편집자인 하은으로 해결될 일이 아니었다. 적어도 팀장급과 이야기할 필요가 있었다.

—네. 여보세요.

"기획팀장님?"

—아, 네. 작가님. 무슨 일이시죠?

아무것도 모른다고 말하는 듯한 병호의 목소리에 규현은 눈살을 찌푸렸다. 그는 의자 등받이에 몸을 기대며 입을 열었다.

"본론만 말할게요. 왜 제 허락도 없이 마음대로 합의를 하시는 거죠?"

—화가 많이 나신 것 같네요. 일단 진정하시는 게 좋을 것 같습니다.

"지금 제가 진정하게 생겼습니까?"

규현의 언성이 살짝 높아졌다. 쉽게 진정이 되지 않았다.

—후우. 이상진 작가와 계속 싸우고 싶으신 거죠?

병호의 말에 규현은 자신도 모르게 고개를 끄덕이며 입을 열었다.

"물론입니다."

—그럼 싸우세요. 저흰 말리지 않습니다.

"네?"

병호의 말을 규현은 제대로 이해하지 못했다. 당연히 싸우지 말라고 하며 말릴 줄 알았다.

—다만 저희는 전혀 도와드리지 않습니다.

병호의 말에 규현은 할 말을 잃고 말았다. 상진은 리디스 미디어의 메인 작가다. 분명 리디스 미디어에서 그를 도울 것이다. 그렇다면 사실상 상진과 싸우려면 리디스 미디어와도 싸워야 한다는 말인데, 어떻게 일개 작가가 출판사와 싸워서 이긴다는 말인가. 게다가 규현은 인기를 이제 막 얻어가고 있는 시점이었다. 장르 소설계에 영향력이 크지 않았다.

"일단은 알겠습니다."

규현은 그렇게 대답하고는 병호와의 통화를 끊었다. 그리고 문서 작성 프로그램을 켜서 줄거리를 작성해 둔 파일을 열었다. 그리고 줄거리를 수정하기 시작했다.

10권 완결 예정이었던 스토리가 수정되어 6권 완결 예정이 되었다.

"출판사가 싫으면 작가가 떠나면 되지."

규현이 혼잣말을 중얼거렸다. 자신을 이렇게 대우하는 출판사에겐 조금의 이익도 안겨주기 싫었다. 빠르게 6권으로 완결을 하고 다른 출판사나 매니지먼트를 찾아볼 생각이었다. 과거라면 모를까 지금의 규현에겐 그럴 능력이 있었다.

"차기작 계약을 안 하기를 잘했군."

차기작 계약까지 했다면 꼼짝없이 차기작을 써야만 했을 것이다.

이미 6권을 쓰고 있었다. 그래서 6권 완결을 결정하니 하거나 수정해야 할 내용이 상당히 많이 발생했다. 수정은 귀찮은 작업이었지만 규현은 불평하지 않고 해냈다. 6권의 절반 정도를 완성했을 때, 규현은 담당 편집자인 하은에게 전화를 걸었다.

—네. 이하은입니다.

하은이 전화를 받았다. 규현이 기획팀장과 통화를 한 내용이 그녀에게 전달된 것인지 조금 불안해하는 목소리였다.

"귀환 황제 전기 6권 완결낼 겁니다. 그렇게 아세요."

—네? 10권까지 쓰실 생각 아니셨어요?

하은은 규현과 자주 통화를 했었다. 그렇게 회의를 거쳤었고 얼마 전까지만 해도 규현은 통화에서 귀환 황제 전기를 10권까지 쓸 예정이고 스토리도 다 잡아 두었다고 말했었다. 그래서 하은은 갑작스러운 규현의 통보에 당황했다.

"그런데 빨리 완결내야 할 일이 생겨서 말이에요. 빨리 완결내려고 합니다. 어차피 계약서대로 5권 이상 연재했으니, 문제는 없다고 봅니다."

—그건 그렇습니다만…….

하은은 말 끝을 흐렸다. 규현의 말대로 계약서 내용상 문제는 없었다. 판타지 제국의 계약서는 5권 이상만 연재한다면 언제라도 완결을 낼 수 있다고 해석이 가능했다.

"그럼 그렇게 알고 계세요. 일주일 안에 최종화가 연재될 겁니다."

─그러면 차기작, 차기작은 어떻게 하실 생각이신가요?

"그건 조금만 더 생각해 보겠습니다."

규현은 그렇게 대답했지만 차기작을 판타지 제국과 계약할 생각은 전혀 없었다. 하은에게 악감정은 없었기에 미안한 감정이 들었지만 어쩔 수 없었다. 그녀에게 미안한 감정이 든다는 이유로 손해 보는 일을 계속한다는 것은 호구나 할 법한 것이니까.

일주일 후 규현은 최종화를 올렸다. 에필로그를 읽은 독자들 반응은 다양했다.

지나가는 꼬마: 벌써 최종화라니 너무 아쉽네요. 잘 읽고 갑니다.

침략자: 괜히 이상진 작가님 건드렸다가 역풍 맞으니까 도망치는 거 보소!

전쟁노래: 문학 왕국에서 제일 좋아하는 작품이었는데, 빨리 완결나서 너무 아쉽습니다.

규현의 작품 완결을 축하하며 고마움을 표시하는 독자들도 있었지만 악플을 다는 독자들도 있었다. 악플의 수는 그렇게 많지 않았다. 악플의 수가 많았다면 조금 상처가 되었겠지만 다행히 그 수가 많지 않았다.

"기분이 좋지는 않군."

최종화를 올리는 것으로 이제 판타지 제국과의 관계는 사실상 끝났다고 볼 수 있었다.

3년짜리 계약이라, 여전히 효력을 발휘하겠지만 그곳에서 나오는 돈은 받더라도 이제 다시 계약을 할 일은 없을 것이다.

인터넷을 검색하며 상진에 대한 평가를 살펴본 규현은 은행 홈페이지에 들어가서 계좌 조회를 해보았다. 마침 9월이었고 인세가 들어오는 날이었다. 확인해 보니 4,000만 원의 금액이 입금되어 있었다. 1억이 넘는 돈이 통장에 있으니 소비하고 싶은 충동이 강하게 들었다.

그동안 100만 원에 가까운 인세를 받으면서 사고 싶은 것도 제대로 못 사고 지냈었다. 그래서 그는 억누르고 살아온 것들이 많았다. 통장에 돈이 많아지니 그 억눌린 소비 욕구가 고개를 들고 있었다.

'기분 전환이나 해볼까.'

기분도 유쾌하지 않은데, 기분 전환 삼아 쇼핑을 가기로 결심하는 규현이었다. 그는 옷을 챙겨 입고 집을 나섰다. 집은 나선 그는 지하철과 택시를 이용해 외제차 브랜드 중에서도 유명한 B사 대리점으로 향했다.

"어서 오세요."

규현이 대리점 문을 열고 들어가자 영업 사원이 영업용 미소를 입가이 그린 채 고개를 숙였다. 반가운 손님의 등장에 아주 밝은 목소리로 인사했지만 규현의 옷차림을 보고 영업용 미소가 흔들렸다. 하루 이틀 영업을 뛴 초보가 아닌 탓에 곧바로 표정을 수습했지만 규현은 잠깐 동안 흔들렸던 그의 표정을 잡아낼 수 있었다.

살짝 기분이 상했다.

"조금 있다가 다시 올게요."

그렇게 말하며 규현은 대리점을 나왔다. 그리고 자신의 옷차림을 확인했다. 확실히 초라하긴 했다. 100만 원을 벌던 시절에는 생활비로 쓰기에도 부족하여 옷을 거의 사지 못했고, 최근에는 외출을 거의 하지 않은 탓에 유행이 지나고 낡은 옷들이었다. 규현은 백화점으로 향했다.

평소 비싸다고 들은 명품 브랜드의 옷을 사러 들어가자 여직원이 영업용 미소를 띤 채 반갑게 인사를 해왔다.

"어떤 스타일을 찾으세요?"

"세미 정장 같은 거 찾고 있는데, 전부 세미 정장이네요."

"저희 브랜드는 세미 정장만 취급하고 있습니다."

"아, 그렇군요."

명품 브랜드라고만 들었지 세미 정장만 취급하는 브랜드라는 것은 처음 알았다. 물론 매장에 들어올 때 세미 정장만 있는 것을 보고 느낌이 오긴 했었다.

"그럼 요즘 유행하는 걸로 추천해 주세요. 가격은 상관없습니다."

"알겠습니다."

여직원의 눈이 반짝였다. 이윽고 그녀는 한 벌의 세미 정장을 추천해 주었다.

"저희 부쿠레슈티아에서 가장 인기 있는 상품입니다."

"멋지네요. 그걸로 할게요."

입어볼 필요도 없었다. 적당한 광택과 색깔. 마음에 들었다. 규현은 카드를 꺼냈고 여직원은 옷을 예쁘게 포장해 주었다.

"550만 원입니다."

직원이 가격을 말했다. 규현은 조금 놀랐지만 내색하지 않고 카드를 내밀었다.

"어떻게 해드릴까요?"

"일시불로 해주세요."

규현의 말에 여직원의 눈동자가 살짝 흔들렸다. 처음 그녀는 규현이 왔을 때만 해도 구경만 하고 갈 것이라고 생각했었다. 그의 옷차림이 초라한 탓이었다. 하지만 550만 원을 일시불로 계산한다? 이건 2가지 경우를 계산할 수 있었다.

첫째, 미친놈이다.

둘째, 돈이 아주 많은 놈이다.

여직원은 후자의 경우로 생각했다. 다만 옷이 초라했던 것으로 보아 갑자기 돈이 많이 생긴 졸부 타입인 것 같았다. 이런 경우는 벗겨 먹기 아주 좋았다. 지금 보니 얼굴도 제법 생겼다. 꾸미면 더 멋질 것 같았다. 규현이 다른 옷들에 시선을 고정시키고 있는 사이 영수증에 자신의 번호를 적었다.

"여기 영수증입니다."

"여기서 옷 입고 가도 되죠?"

"물론입니다."

생각해 보니 옷을 입기 위해 집에 들르기엔 귀찮았다. 여기서 입고 가는 게 좋을 것 같았다. 여직원은 미소를 지은 채 고개를 끄덕였고 규현은 탈의실에서 옷을 갈아입고 나왔다. 누군가 옷이 날개라고 말했다. 명품을 걸친 규현은 평소보다 빛나고 있었다.

"그럼 수고."

규현은 매장을 나오며 영수증을 확인했다. 영수증에는 모르는 전화번호가 적혀 있었다. 분위기로 볼 때 방금 그 여직원이 적은 것 같았다.

"쓸데없는 게 적혀 있네."

규현은 백화점을 나서며 영수증을 아주 잘게 찢어 휴지통에 버렸다.

백화점을 나온 규현은 B사 대리점으로 향했다.

"어서 오세요."

문을 열고 들어가자 영업 사원들이 영업용 미소와 함께 규현을 반겼다. 명품으로 무장한 규현의 모습에 영업 사원 한 명이 규현의 앞으로 달려왔다.

"어떤 일로 오셨나요?"

"차 사러 왔죠."

"아하! 그렇군요. 이쪽으로 와주시겠어요?"

영업 사원은 규현을 소파가 있는 곳으로 데려갔다. 규현이 소파에 앉아 테이블 위에 쌓여 있는 소책자 하나를 규현에게 건네주었다. 소책자를 받은 규현은 그것을 펼쳤다. B사가 자랑하는 차량들이 고운 자태를 뽐내고 있었고, 차량 사진 옆에는 자세한 설명이 적혀 있었다.

"강태호라고 합니다."

영업 사원 태호는 명함을 건넸다. 규현은 그것을 주머니에 대충 집어넣었다.

"혹시 찾으시는 차라도 있으신 가요?"

"7시리즈를 생각하고 있지만 다른 것도 한번 보고 결정하려고요."

규현의 말에 태호는 환한 미소를 지었다. 7시리즈는 최소 7,000만 원부터 시작하는 나름 고가의 승용차였다. 옵션으로 떡칠을 하면 8,000만 원은 우습게 넘길 수도 있었다. 7시리즈를 염두에 두고 있다는 것은 그만큼 재력이 있다는 이야기. 규현이 입고 있는 명품 옷을 보니 그의 재력을 추측할 수 있었다. 태호는 대어를 낚았다는 생각에 속으로 행복한 표정을 지었다.

"7시리즈라, 아주 현명한 선택이십니다. 사실 저희 B사에서 7시리즈만큼 안정적인 차량은 없지요."

그 말을 시작으로 태호는 7시리즈에 대한 길고 긴 설명을 시작했다. 단점을 쏙 빼고 장점만 설명했다. 여직원이 커피를 내어 오고 나서도 그의 설명은 끝나지 않았는데, 신기한 것은 설명이 길게 이어지고 있음에도 불구하고 전혀 지루하지 않았다는 것이었다.

"어떠십니까?"

"일단 한번 타보고 싶은데요. 가능한가요?"

"물론입니다. 이쪽으로 오시죠."

태호는 규현을 7시리즈가 기다리고 있는 곳으로 데려갔

다. 7시리즈 앞에 도착한 그는 운전석의 문을 열어 주었다.

"한번 시승해 보시죠."

규현은 운전석에 탑승하여 핸들을 잡아보았다. 운전석과 핸들과의 거리가 조금 가깝기는 했지만 이건 조정하면 해결될 문제였다. 규현은 5분 정도 운전석에서 여러 가지를 살펴본 후에 내렸다. 느낌은 상당히 좋았지만 확신이 서지 않았다. 다른 차도 시승해 보고 싶었다.

"어떠십니까?"

태호가 물었다. 규현은 애매한 표정을 지었다.

"다른 것도 한번 시승해 보고 싶어요."

"가능합니다. 생각해 두신 차량이 있으신가요?"

"아뇨. 추천해 주세요."

규현은 고개를 저었다. 그는 차에 대해서 잘 몰랐다. 7시리즈도 인터넷 검색을 해서 가격 등 모든 면에서 가장 괜찮아 보이는 차를 고른 거였다.

"9시리즈는 어떻습니까?"

태호는 이때다 싶어 9시리즈를 추천했다. 비싼 옵션을 추가한다면 1억을 넘는 고가의 승용차였다.

"일단 시승해 보고요."

"알겠습니다. 이쪽으로 오시죠."

세미 정장을 사는 바람에 9시리즈를 사기엔 돈이 부족했지만 시승해 보는 건 공짜였다. 운전석에 탑승해 본 규현은 확실히 7시리즈보다 편안한 것 같은 느낌을 받았다. 더 많은 것을 알기 위해서는 시운전해 볼 필요가 있었지만 시운전은 귀찮았다.

"다른 것도 타볼게요."

규현은 다른 차량들도 타보았다. 7시리즈와 가장 비슷하다고 평가받는 6시리즈와 8시리즈를 타보았지만 7시리즈가 가장 마음에 들었다. 가격 면에서도 7시리즈가 가장 마음에 들었다. 6시리즈는 저렴했지만 성능이 떨어졌고 8시리즈는 성능에 비해 가격이 비쌌다.

"7시리즈가 가장 마음에 드네요."

규현의 말에 태호는 탁월한 선택을 했다고 말하며 옵션에 대해 설명하기 시작했다. 옵션은 정말 다양했다. 규현은 고민 끝에 풀 옵션으로 선택했고 태호의 입이 귀에 걸렸다. 옵션 선택을 끝마치자 계약서 작성 등의 절차를 밟았다. 절차가 끝나고 태호가 입을 열었다.

"결제는 어떻게 하시겠습니까?"

"일시불로."

당연히 일시불이었다. 태호가 카드를 긁은 뒤 규현에게 카드를 돌려주며 입을 열었다.

"한 달 안에 도착할 겁니다. 제가 따로 연락을 드리겠습니다."

태호가 장담했다. 그의 경험상 정말 특별한 경우가 아니면 계약한 차량이 도착하기까지 한 달 이상의 시간이 걸린 적이 거의 없었다.

"잘 부탁해요."

모든 절차가 끝나고 태호의 대답을 들은 규현은 들뜬 마음으로 발걸음을 옮겼다. 태호에게서 몸을 돌렸을 때, 그는 대리점 문을 열고 들어오는 익숙한 얼굴을 볼 수 있었다.

"오우, 월 3천 번다는 우리 사촌 동생 규현이 아닌가?"

대한 전자에 취직했다는 사촌 형 정석진이었다. 그의 옆에는 애인으로 보이는 여자가 바짝 달라붙어 있었다. 규현의 옷차림을 본 그녀의 눈동자가 반짝였다. 명품인 것을 알아본 것이다.

"오빠, 누구야?"

석진의 여자 친구가 호기심 어린 목소리로 질문했다. 석진은 비웃음에 가까운 웃음소리를 슬쩍 흘리며 입을 열었다.

"사촌 동생이야."

"흐응, 그렇구나."

여자는 의미를 알 수 없는 표정으로 규현의 전신을 탐색하듯 훑었다.

"그나저나 네가 여긴 웬일이냐."

"차 뽑으러 왔지. 형도 한 대 뽑으러 온 거야?"

규현의 대답에 석진은 간신히 웃음을 참았다. 세상에, B사에 차를 뽑으러 왔다고 한다. 어이가 없어서 웃음이 나오려 했다.

"뭐? 풉, 푸하하하."

결국 석진은 웃음이 터지고 말았다. 그는 미친 사람처럼 웃었다. 석진이 생각하는 규현은 월 3천 번다고 거짓말이나 치는 백수였다. 그는 작가라는 직업이 있었지만 석진이 보기엔 백수나 다름없었다.

"아, 웃어서 미안해. 큰 맘 먹고 경차라도 하나 뽑으려 나 보네. 나는 4시리즈 뽑으러 왔는데."

4시리즈면 4,000~5,000만 원 정도 하는 저렴한 외제차였다. 4시리즈 밑에 있는 1, 2, 3시리즈는 경차로 아주 저렴한 가격이었다. 석진은 당연히 규현이 경차를 구입하러 왔다고 생각했다.

"귀찮군."

규현은 그렇게 중얼거리며 차량 계약서를 석진의 눈앞에 내밀었다. 차량 계약서엔 B사 7시리즈라는 차종이 선명하게 기록되어 있었다.

"어라."

석진은 쉽게 입을 열지 못했다. 설마 규현이 7시리즈를 구입했을 줄이야. 석진에게 7시리즈는 너무 비싸서 엄두도 내지 못할 정도였다. 사실 4시리즈도 2년 할부로 구입할 생각이었다. 규현은 벙어리가 된 석진의 곁을 지나치며 그의 어깨에 손을 살짝 올렸다.

"그리고 형, 나 월 3,000만 원 아니야."

손을 떼고 입구를 향해 발걸음을 옮겼다. 문이 열리고, 동시에 규현의 입도 열렸다.

"나 이번 달에 4,000만 원 들어왔어."

그 말을 남기고 규현은 유유히 모습을 감추었다.

*   *   *

집으로 돌아온 규현은 스마트폰을 확인했다. 판타지 제국 담당 편집자 하은에게서 메시지가 도착해 있었다.

[작가님, 차기작 문제로 통화하고 싶습니다.]

"후우, 차기작이라."

메시지를 확인한 규현은 한숨과 함께 혼잣말을 내뱉었다. 규현은 인기 있는 작가였기 때문에 판타지 제국에서는 특별한 일이 없으면 차기작을 계약하고 싶어 했다. 하지만 규현은 최근 리디스 미디어와 판타지 제국이 몰래 합의를 한 것 때문에 판타지 제국에게 감정이 좋지 않았다.

다시 고민해 보았지만 역시 나온 결론은 판타지 제국과 차기작을 계약하지 않는 것이었다. 규현은 아쉬울 것 없었다. 그는 자신의 능력을 믿고 있었다.

귀환 황제 전기를 뛰어넘는 작품을 반드시 만들어낼 수 있다고 생각하고 있었다. 그렇게 된다면 너도나도 규현과 계약하려 할 것이다. 출판사 또는 매니지먼트가 판타지 제국만 있는 것은 아니었다. 판타지 제국이 상당히 크긴 하지만 비슷한 규모의 출판사나 매니지먼트가 없는 것은 아니었다.

"일단 전화는 하는 게 예의겠지."

규현은 스마트폰을 들어 올렸다. 마음 같아서는 통보도 하지 않고 관계를 끝내고 싶었지만 그것은 예의가 아니었다. 규현은 하은의 연락처를 검색한 뒤 통화 버튼을 눌렀다.

─여보세요.

통화 연결음이 끝나고 하은이 평소보다 더욱 경직된 목소리로 전화를 받았다.

"네. 차기작 이야기를 하고 싶다고 하셔서, 이렇게 전화를 걸었습니다."

─네. 귀환 황제 전기도 끝났으니, 차기작 준비하셔야죠.

하은의 말에 규현은 입가에 미소를 머금었다. 차기작? 당연히 준비할 것이다. 하지만 판타지 제국에선 아니었다.

"네. 당연히 차기작 준비할 겁니다. 그런데, 정말 죄송하지만 차기작은 판타지 제국과 계약할 수 없을 것 같습니다."

―네? 혹시 작가님, 다른 출판사나 매니지먼트에서 연락 온 거라도 있는 건가요?

하은은 당황한 것 같았지만 규현이 생각한 것처럼 많이 당황하지는 않았다. 그것도 그럴 것이 판타지 제국에게 있어서 규현은 있으면 좋고, 없어도 괜찮은 존재였다. 규현이 인기 작가이긴 했지만 판타지 제국에는 비슷한 수준의 작가는 많았다.

문학 왕국 베스트 10위에 들어가는 작가 10명 중에서 절반 이상이 판타지 제국의 작가였다. 사실상 티미 작가와 칠흑팔검 작가, 매그라 작가, 그리고 기계 작가를 제외한 나머지가 판타지 제국의 작가들이라고 볼 수 있었다.

"아뇨, 다른 곳에서 연락이 오진 않았지만, 판타지 제국과 저는 맞지 않는 것 같아서요."

―제게 문제가 있다면 고쳐볼게요.

"아뇨. 편집자님에겐 문제가 없습니다."

하은에게 문제는 없었다. 그녀는 능력 있는 편집자였고, 규현은 그녀에게 도움을 많이 받았었다. 훌륭한 교정과 교열, 그리고 스토리에 대한 피드백은 귀환 황제 전기가 B급에서도 상위층에 안정적으로 자리 잡을 수 있도록 도와주었다.

―혹시 이상진 작가의 일 때문에 그러시는 건가요?

하은이 말했다. 그녀도 바보가 아니었기 때문에 돌아가는 분위기를 읽은 것이다.

"예."

규현이 대답했다. 숨길 필요가 없었기 때문에 그는 굳이 숨기지 않았다. 스마트폰 너머로 한숨 소리가 작게 들리는 듯했다. 하은은 한참 동안이나 말이 없었다. 쉽게 말을 꺼내지 못했다.

―그 이유 때문이라면 저도 작가님을 잡지 않겠습니다. 저도 위의 결정이 그렇게 마음에 들지는 않았으니까요.

표절을 당한 당사자 몰래 출판사끼리 합의를 했다는 것을 처음 알았을 때, 하은은 그건 아니라고 생각했었다. 그녀의 대답에 규현은 미소를 지었다.

"감사합니다. 제 편이 한 명쯤은 있는 것 같아서 기분이 좋네요."

그래도 같이 노력했던 몇 달 동안 그녀와 꽤 친해진 것 같아서 기분이 좋았다. 이유는 알 수 없었지만 그녀와의 관계는 생각보다 더욱 가까워져 있었다. 어쩌면 규현이 스토리 회의를 이유로 자주 전화를 걸어 괴롭혀서 그런 것일 수도 있었다.

―당연한 말씀을. 제가 작가님 편을 안 들면 누가 드나요.

"제가 매니지먼트를 차리게 된다면 스카우트해 버리고 싶네요. 편집자님은 능력도 좋으시니까요."

—작가님께서 매니지먼트라도 차리시면, 제가 기꺼이 달려가 드리죠.

"약속하신 겁니다."

어쩌면 농담에 가까운 그 말을 규현은 농담으로 흘려듣지 않았다.

—…네. 무, 물론이죠.

하은은 뒤늦게 빠져나올 수 없는 늪에 발을 들여놓았다는 것을 깨달았지만 내뱉은 말은 주워 담을 수 없었다.

*　　　　　*　　　　　*

규현이 차기작 계약을 하지 않겠다고 선언한 후, 하은은 그것을 기획팀장인 차병호에게 보고했다. 그녀는 개인적으로 규현의 편이었긴 했지만 일은 일이었기 때문에 신속하게 보고할 수밖에 없었다. 하은이 규현에 대한 사실을 보고했을 때 마침 회의를 앞둔 시간이었기 때문에 규현에 대한 것은 그날 회의의 내용 중 하나를 차지하게 되었다.

기존의 안건이 모두 넘어가고 마지막으로 규현에 대한 내용이 올라왔다. 하은이 자세한 상황을 보고하자 기획팀장 차

병호가 입을 열었다.

"배가 불렀네요. 저희가 키워준 건 까맣게 잊고 혼자 힘으로 그 자리까지 올라갔다고 생각하는 것 같습니다."

귀환 황제 전기가 3위권에 들 수 있었던 것은 규현의 노력도 있었지만 판타지 제국의 공격적인 마케팅이 없었다면 힘들었을 것이다. 병호는 지금 그것을 지적하고 있었다. 회의실에 모인 다른 사람들도 그렇게 생각하는 것인지 저마다 시선을 교환하며 고개를 끄덕였다.

"굳이 그를 잡을 필요는 없지. 우리에게는 다른 뛰어난 작가들이 많아."

병호가 차갑게 말했다. 그의 말대로 판타지 제국에는 규현을 빼더라도 다른 뛰어난 작가들이 많았다. 하은은 입을 다물고 조용히 상황을 지켜보았다. 입을 굳게 다물고 있던 직원 한 명이 입을 열었다.

"하지만 정규현 작가가 제일 순위가 높지 않습니까? 그를 잡는 게 좋을 것 같습니다만."

"아니, 그럴 필요 없어."

병호가 강경하게 대답했다.

"이유를 여쭤봐도 되겠습니까?"

"정규현 작가의 전 작품들을 봤지?"

모두가 고개를 끄덕였다. 병호는 직원들을 쭉 훑어본 뒤 입을 열었다.

"이번에는 단순히 운이 좋았을 확률이 높아. 다음 작품이 전작들처럼 완전히 망해 버릴지 누가 알아. 그리고 가장 중요한 건 우리는 아쉬운 게 없다는 거야. 다른 작가들 많은데, 굳이 그를 고집할 필요가 있나?"

그 누구도 반박하지 않았다. 이번 작품이 반응이 좋기도 하고 계약할 당시엔 자세한 정보가 없어서 몰라서 차기작 계약 이야기를 꺼냈던 적이 있었긴 하나, 뒤늦게 전 작품들을 보니 다음 작품의 미래가 불투명해 보였다. 병호는 앞에 놓인 서류들을 정리한 뒤 자리에서 일어났다.

"오늘 회의는 여기까지. 나는 팀장 회의에 결정 사항을 보고하러 가겠어."

5장

새로운 도약

10월이 되었다. 차기작 구상으로 머리를 혹사시키던 규현은 상현과 조식을 만나기 위해 근처 술집으로 향했다.

"조식, 먼저 와 있었네?"

"오늘 조금 일찍 나와봤어요."

동아리 부회장인 조식이 먼저 도착해 테이블에 앉아 있었다. 규현은 반갑게 인사를 하며 그의 옆자리에 앉았다. 약속 시간까지 아직 15분 정도 남아 있었다. 규현도 자리에 앉아서 조식과 함께 사소한 이야기를 나누고 있으니, 약속 시간을 5분 정도 남기고 상현이 도착했다.

"하하하."

상현은 기분이 좋은 일이라도 있는 것인지 아주 해맑게 웃으며 문을 열고 안으로 걸어 들어왔다. 갑자기 들리는 웃음소리에 주변의 시선이 상현에게 집중되었으나, 그는 아랑곳않고 밝게 웃으며 규현과 조식을 향해 발걸음을 옮겼다.

"오늘따라 상현이 형이 밝아 보이네요."

"그러게. 상현이는 늘 밝았지만, 오늘따라 더 밝아 보이네."

조식의 말에 규현이 긍정했다. 상현은 긍정적인 성격이었다. 그래서 입가에서 미소가 사라지는 일은 드물었다. 그런데 오늘은 유난히 기분이 좋아 보였다. 무슨 일이 있는 게 분명하다고 규현은 생각했다. 조식도 비슷한 생각을 하고 있는 것 같았다.

"하하하."

상현이 의자를 빼서 앉았다. 사람이 다 모였으니, 주문을 할 차례다.

규현은 맥주 3잔과 마른안주, 그리고 치킨 1마리를 주문했다. 알바생이 주문서를 들고 사라지자 규현은 상현을 보며 입을 열었다.

"그래, 무슨 일이야?"

"저, 출간 제의 들어왔어요."

상현의 말에 가만히 앉아 있던 조식의 눈이 반짝였다.

"우와, 부러워요."

조식은 상당히 놀란 눈치였지만 규현의 표정은 변함없었다. 출간 제의도 어떤 출판사 또는 매니지먼트에서 오는 것인지가 중요했다. 판타지 제국이나, 오성 북스, 파란책과 같은 큰 곳이라면 진지하게 고민해 볼 법했지만 규모도 작고 영향력도 없기로 유명한 세븐 북스 같은 곳이라면 냉정하게 거절하는 게 좋았다.

"너 문학 왕국에서 연재하고 있었던 거야?"

규현의 물음에 상현은 고개를 끄덕였다.

"네. 제이드라는 필명으로 경영 마법사라는 소설을 연재 중이에요."

상현이 대답했다. 규현은 스마트폰을 꺼냈다. 문학 왕국 어플에 들어가서 상현의 등급을 확인하려는 것이다. 상현이 알려준 필명으로 검색을 하니, 그의 말대로 경영 마법사라는 제목의 소설을 찾을 수 있었다.

[경영 마법사]
분류: 현대 판타지.
종합 등급: E.
30일 뒤 예상 24시간 구매 수: 30.

[제이드]
종합 등급: C.

경영 마법사의 스탯은 E급이었고, 작가 스탯은 C급으로 나왔다. 작가 스탯은 많이 낮은 편은 아니었지만, 작품의 스탯은 상당히 낮은 편이었다. 규현의 망했던 전 작품과 같은 등급이니, 경영 마법사가 출간된다고 하더라도 절대로 성공하지는 못할 것이다. 다만 작가 스탯이 괜찮은 편이니, 신경 써서 글을 쓴다면 D급 이상의 작품을 만들 수 있을 것이다. 운이 좋다면 C급도 가능하겠지만 지금까지 문학 왕국을 탐색해 본 결과 작가 스탯과 같은 스탯의 작품을 만들어내는 작가의 수는 극히 적었다.

작가 스탯은 잠재력을 나타내는 것으로 추정하고 있었는데, 작가 스탯과 동일한 스탯의 작품을 썼다는 것은 곧 잠재력을 모두 끌어내 썼다는 것을 의미한다. 잠재력을 모두 끌어내는 것은 힘든 일이었다.

"출간 제의가 온 곳은 어딘데? 출판사? 아니면 매니지먼트?"

"출판사예요."

규현의 말에 상현이 대답했다.

"어딘데?"

규현이 질문했다. 하지만 상현의 대답을 어느 정도 예상하고 있었다. 경영 마법사의 스탯으로 봤을 때 판타지 제국이나 오성 북스, 파란책과 같은 곳에서 제의를 했다고 보기엔 힘들었다. 아마도 세븐 북스일 것이다. 세븐 북스는 새로 생긴 전자책 전문 출판사로 조금만 괜찮다고 싶으면 바로 출간 제의를 하는 것으로 유명했다. 상현에게는 미안했지만 규현은 세븐 북스가 아니면 출간 제의를 할 리가 없다고 생각하고 있었다.

"세븐 북스예요."

예상대로 세븐 북스였다. 규현은 작게 한숨을 내쉬었다.

"거기 알고 있지?"

"예."

규현의 질문에 상현이 대답했다. 소설 창작 동아리인 비문의 회장인 상현이 세븐 북스에 대해 모를 리가 없었다.

"별로 좋은 곳은 아니야."

"저도 알고 있어요. 단지, 출간 제의를 받은 것은 처음이라서요. 기분이 좋았거든요. 하하하."

출간 제의. 그 어떤 곳에서 오는 출간 제의라도 젊은 작가 지망생들의 가슴을 두근거리게 하기엔 충분했다. 출간 제의를 받는 순간, 작가 지망생은 자신의 글이 인정받은 것 같은 기분을 느끼게 되니까. 그것만으로도 가슴 벅찬 것이다.

대화를 나누는 사이, 알바생이 주문한 것들을 테이블 위에 놓았다. 그들은 가볍게 건배를 한 후 맥주잔을 입가로 가져간다. 잠시 동안 맥주를 마시고 마른안주와 치킨을 맛보는 그들. 테이블에 침묵이 내려앉았다. 주변 사람들의 수다가 배경 음악으로 깔리고 마침내 규현이 입을 열었다.

"일단은 거절하는 게 좋아. 괜히 전자책 계약 잘못했다가 한 달에 버스 차비도 안 나오는 인세 받고 5권 이상 쓰려면 머리 아프다."

멋도 모르고 작은 출판사와 전자책 계약을 했다가, 매달 차비도 못 벌면서 꾸역꾸역 5권 완결을 내는 경우를 규현은 몇 번 본 적이 있었다.

"안 그래도 거절할 생각이었어요. 그렇게 좋은 곳도 아니니까."

그렇게 말하는 상현의 얼굴에 쓸쓸함이 배어 나왔다. 알고는 있었지만 막상 현실과 마주하니 조금은 아쉬운 모양이었다.

"조금만 기다려. 내가 매니지먼트 하나 차려서 너 데려간다."

규현이 야심차게 말했다. 언젠가는 매니지먼트를 차릴 생각이었다. 그의 꿈은 결코 작지 않았다. 남들이 비웃을 수도 있지만 그는 아주 큰 꿈을 가지고 있었다. 단순히 한국 장르 소설계에서 최고가 되는 것을 넘어서, 더한 것까지 생각하고 있었다.

"그런 날이 꼭 왔으면 좋겠네요."

상현은 그렇게 말하며 맥주잔을 입가로 가져갔다. 가득 차 있었던 맥주는 거의 바닥을 드러내고 있었다.

"한 잔씩 더 주문할까?"

"형, 소설 쓰느라 바쁘신데 오래 붙잡고 있을 순 없죠. 안주도 다 먹었으니, 이만 가요."

"그래, 그렇게 하자."

상현의 의견에 규현은 동의했다. 조식도 고개를 끄덕이며 일어날 준비를 했다. 규현은 마지막 남은 치킨 한 조각을 먹은 뒤, 계산대로 발걸음을 옮겼다. 그 모습을 본 조식이 규현을 말렸다.

"형?"

"오늘은 내가 사주고 싶어서 그래. 그동안 많이 얻어먹었으니까."

규현은 미소와 함께 그렇게 말하며 현금으로 계산을 끝냈다. 셋은 밖으로 나와 서로 작별 인사를 건넸다. 그리고 집으로 돌아온 규현은 가벼운 마음으로 컴퓨터를 켰다. 그리고 차기작 준비에 서둘렀다. 30분 정도 시간이 지나자 기존에 잡아놓았던 틀에 살을 붙여서 어느 정도 설정과 스토리가 가닥이 잡혔다.

"흠."

규현은 두 눈을 가늘게 뜨고 설정과 스토리를 검토했다.
독자들이 좋아할 만한 설정과 스토리라고 판단한 규현은 비
밀글로 설정하고 프롤로그를 올렸다. 그리고 스탯을 확인하
기 위해 마우스 커서를 움직였다.

[죽음의 리그—살인귀 편—]
분류: 현대 판타지.
종합 등급: D.
30일 뒤 예상 24시간 구매 수: 130.

죽음의 리그—살인귀 편—은 이능 배틀과 복수, 그리고 회
귀 요소가 들어간 현대 판타지였다.

줄거리를 간략하게 설명하자면 죽음의 신이 연 리그에 참
가하게 된 주인공이 승리를 앞두고 리그 참가자에게 살해당
해 리그 시작 첫날로 회귀한다. 회귀한 주인공은 복수를 위
해 리그에 참여하면서 벌어지는 여러 가지 사건을 그리고 있
다.

요즘 판타지 소설에서 인기가 있는 요소인 회귀와 이능 배
틀, 그리고 회귀 요소를 넣었지만 등급은 D급이었고 예상 구
매 수는 0에 가까울 정도로 저조했다.

이유가 무엇일까? 규현은 고민했지만 그 이유를 좀처럼 찾아내기 힘들었다. 귀환 황제 전기에도 그와 비슷하게 회귀요소와 복수 요소가 있었고 B급이었다. 죽음의 리그 같은 경우엔 이능 배틀이라는 제법 인기 있는 요소까지 더했다. 그런데도 스탯은 B급에 한참 못 미치는 D급. 무엇이 문제인 것일까.

"으아아아!"

좀처럼 그 이유를 알아낼 수 없으니, 답답한 마음에 규현은 괴성을 지르며 머리를 쥐어뜯었다.

판타지 제국이 자신을 내친 것을 후회하게 만들고 상진을 격퇴하여 리디스 미디어를 몰락시키기 위해선 스탯 A급의 작품이 필요했다. B급 스탯의 작품 정도면 많은 돈을 벌수 있다. 하지만 B급 정도의 작품은 생각보다 많은 편이었다. 이름을 알리고 복수를 하기 위해선 A급 스탯의 작품을 만들어야만 했다. 하지만 좀처럼 A급 작품이 만들어지진 않았다.

"사이코패스 주인공은 유행이 지났나?"

규현은 혼잣말을 하며 차분하게 생각을 정리했다. 마우스를 바쁘게 움직여 새로운 작품들을 한 번 더 읽어 보았다. 사이코패스 주인공을 쓰는 작품들은 극명하게 빛과 어둠으로 나누어져 있었다. 인기 있는 것은 엄청난 인기를 끌고 있었고, 인기가 없는 것들은 바닥을 치고 있었다. 규현은 분석을 시작했다.

'캐릭터가 살아 있군.'

사이코패스 주인공이 등장하는 작품 중 인기가 있는 것들의 공통점은 캐릭터의 개성이 살아 있었다. 작품 속 캐릭터의 개성이 살아 있으면 당연히 재미가 있고 술술 읽힌다. 문학 왕국의 독자들은 사이코패스 주인공에 대한 애정이 특별했다. 그래서 캐릭터성을 살려주면 엄청 좋아하면서 따라오고 그것을 조금이라도 표현을 잘못할 경우 정색하고 뒤로 물러나는 것이다.

아무래도 죽음의 리그는 캐릭터를 잘 살리지 못한 것 같다고 규현은 생각했다. 귀환 황제 전기 이전의 작품들에서 캐릭터들이 죽어 있는 것 같다는 지적을 자주 받았던 규현이었다.

'조금만 수정해 볼까.'

규현은 수정을 결심했다. 우선 주인공의 성격을 수정했다. 사이코패스에서 일반 사람에게서는 느낄 수 없는 특별한 성격으로 수정했고, 프롤로그도 조금 수정했다. 성격이 변했으니, 제목에서 살인귀를 뺐다. 그리고 다시 비밀글 설정을 하고 프롤로그를 올렸다.

[죽음의 리그]

분류: 현대 판타지.

종합 등급: D.

30일 뒤 예상 24시간 구매 수: 150.

종합 등급은 그대로였지만 구매 수가 증가한 것을 확인할 수 있었다. 역시 캐릭터가 문제였던 것이다. 규현은 몇 차례 더 수정을 하고 프롤로그를 올려보았지만 종합 등급은 변하지 않았고 예상 구매 수만 조금씩 변동이 있었다.

"포기."

결국 규현은 깨끗하게 죽음의 리그를 포기하고 다른 작품을 쓰기 위해 머리를 굴렸다. 그러던 와중에, 스마트폰이 전화가 왔다는 사실을 알렸다. 모르는 번호였다. 규현은 스마트폰을 들어 올려 전화를 받았다.

"여보세요."

―B사 영업팀 강태호입니다! 7시리즈가 오늘 도착했습니다.

B사 영업 사원 강태호였다. 명함은 받았지만 전화번호를 저장해 두지 않았던 것이다. 7시리즈가 도착했다는 태호의 말에 규현은 정신이 맑아지는 것을 느꼈다.

―이쪽으로 오시겠어요? 아니면 제가…….

"제가 가도록 하죠."

규현은 태호의 말을 끊었다. 태호가 운전해서 가져와 준다면 편하겠지만, 처음의 영광을 빼앗기게 된다. 규현은 전화를 끊고 서둘러 준비해 B사로 향했다. B사에 도착한 규현은 태호에게서 차 키를 받아들고 7시리즈에 탑승했다. 그리고 운전대를 잡고 시동을 걸었다. 차고에서 규현의 차가 미끄러지듯이 도로로 흘러들어 갔다.

　운전대를 잡는 것은 정말 오랜만이었기 때문에 조금 긴장되기도 했지만 10분 정도 지나자 어느 정도 여유를 찾고 운전에 집중할 수 있었다.

　차를 몰고 집에 돌아온 규현. 그는 1층의 주차 공간에 자신의 차를 주차해 놓고 집으로 올라갔다. 현관문을 열고 들어온 그는 냉장고에서 시원한 물을 꺼내 마시는 것으로 들뜬 마음을 진정시켰다. 그리고 컴퓨터 앞에 앉아 전원을 켰다.

*　　　　　*　　　　　*

　"제발, 제발."

　규현은 간절히 빌며 비밀글 설정을 하고 프롤로그를 올렸다. 죽음의 리그 이후 몇 날 며칠 동안 쉬지도 않고 작품을 썼지만 전부 D급이나 C급 판정을 받았다. 규현은 문제점을 더욱 분석하고 문체를 깔끔하게 가다듬으려 노력했다. 그리고 캐릭터의 개성을 살리는 법이 적혀 있는 작법서를 두 권구입해 몇 번이나 읽었다.

"제발!"

규현은 마우스 커서를 움직였다. 이윽고 작품의 스탯이 눈앞에 나타났다.

[흑마법사, 레이드 간다!]
분류: 현대 판타지.
종합 등급: B.
30일 뒤 예상 24시간 구매 수: 6,000.

흑마법사가 신성 연합의 토벌대에 의해 죽음을 맞이하기 직전, 완성한 마법으로 인해 괴수로 가득한 현대에서 한국인 백수의 몸에 빙의되면서 벌어지는 이야기로 스탯은 B급이었다.

"어떻게 하지?"

규현은 고민했다. B급이면 귀환 황제 전기와 같은 등급이었고, 최소 월 1,000만 원이 보장되는 엄청난 스탯이었지만 규현은 쉽게 결정을 내리지 못했다.

그는 A급 작품을 원하고 있었다. 상진을 뛰어넘을 명성을 얻기 위해서는 A급 작품이 필요했다. 하지만 A급 작품이 쉽게 나올 리가 없었다. 최근 며칠간 작품을 몇 개 써본 결과, 귀환 황제 전기도 상당히 운이 좋아서 나왔던 것이라는 것을 깨달을 수 있었다. 규현의 잠재력은 대단했다. 하지만 아직 개발되지 않은 미개척지와도 같았다. 지금 그의 상황에선 B급도 상당히 대단한 것이었고 A급은 불확실한 미래였다.

"일단은 저장해 두자."

규현은 우선 흑마법사, 레이드 간다를 지우지 않고 두기로 했다. 어차피 비밀글 설정을 해두었기 때문에 다른 누가 볼 염려는 없었다. 일단은 보험으로 이것을 남겨두고 A급 작품이 계속 안 나온다면 후일을 도모하고 흑마법사, 레이드 간다를 연재하면 될 것이다.

"하아."

몸도, 정신도 너무 피곤했다. 규현은 마지막으로 이상진의 작품이 얼마나 잘 나가고 있는지 확인했다. 상진의 작품인 리턴 황제 폐하는 상처를 모두 회복하고 10위권에 진입해 있었다. 그것을 보며 규현은 이를 악물었다. 더 보면 화를 참을 수 없을 것 같았다. 규현은 문학 왕국 홈페이지를 닫으려 했다. 그 순간, 그는 자신에게 쪽지가 도착해 있는 것을 확인할 수 있었다.

혹시 출판사나 매니지먼트에서 차기작 계약 제의라도 보

낸 것일까?

호기심에 규현은 쪽지함을 클릭했다.

[수호자 작가님, 작가 모임 '만년필'에 당신을 초대합니다.]

쪽지를 보낸 사람은 잠깐 베스트 3위로 내려갔다가, 최근 들어서 2위를 탈환한 만년 2위 작가 칠흑팔검이었다.

"작가 모임이라."

규현은 혼잣말을 중얼거리면서 두 눈을 가늘게 떴다. 문학 왕국에서 연말에 유료 연재 작가들을 초대해서 가지는 송년회와 별개로 높은 순위를 유지하고 있는 작가들이 친목을 다질 겸 따로 모임을 가진다는 것을 소문으로 들은 적이 있었다. 다만 규현이 베스트 3위 안에 진입했음에도 불구하고 초대하는 쪽지가 없어서 그냥 소문이라고 생각하고 있던 참이었다.

'신인이라서 그런가?'

규현은 나름 추측했지만 사정은 알 수 없었다. 규현은 마우스를 움직여 쪽지를 확인해 보았다. 쪽지는 날씨가 추워지고 있다는 말을 시작으로 꼭 참석해 주길 바란다는 말로 끝을 맺고 있었다.

다른 작가들을 만날 기회가 찾아온 것은 이번이 처음이었다. 같은 출판사나 매니지먼트에서 집필하더라도, 일의 특성 상 다른 작가를 만날 기회는 좀처럼 없었다. 규현이 오랫동 안 계약했던 리디스 미디어도 따로 작가 모임을 주최하지 않 았다. 물론 작가 모임이나 MT 등을 계획하는 곳도 있었지만 그런 곳은 소수였다.

"흠."

규현은 잠깐 고민했지만 곧 결정을 내릴 수 있었다. 그는 키보드를 두드려 칠흑팔검에게 참석하겠다는 내용의 답장을 보냈다.

다른 작가들과 만나서 작품에 대해 이야기하다 보면 작품 에 대한 힌트를 얻게 될지도 모른다고 규현은 생각했다.

"벌써 답장이……."

규현이 답장을 보내기 무섭게, 칠흑팔검은 새 쪽지를 보냈 다. 규현은 마우스를 움직여 쪽지를 열었다.

[빠른 답장 감사합니다. 마침 제가 접속 중이라 이렇게 답장 을 빠르게 드릴 수 있네요. 실례가 안 된다면 연락처를 알 수 있 을까요?]

규현은 망설임 없이 연락처를 보냈다. 이윽고 문자 알림음 이 울렸다. 규현은 차갑게 느껴지는 스마트폰을 들어 올려

문자 메시지를 확인했다.

[수호자 작가님 되십니까? 칠흑팔검입니다.]
[예. 맞습니다.]
[약속 장소와 시간은 다음 주 월요일 오후 5시, 시외버스 터미널 근처의 B 카페입니다.]
[네. 감사합니다.]

문자 메시지를 이용한 짧은 대화가 끝났다. 규현은 스마트폰 메모장에 약속 장소와 시간을 기록한 뒤, 차기작 구상에 열중했다.

＊　　　＊　　　＊

시간은 순식간에 흘러 월요일이 되었다. 규현은 최근에 구입한 옷 중 적당한 것을 골라 입었다. 백화점에서 구입했던 세미 정장은 마침 세탁소에 맡긴 상황이었다. 준비를 끝낸 규현은 주차장으로 내려가 그의 '애마' 7시리즈에 탑승했다. 그는 차에 시동을 걸고 도로로 나갔다.

다행히 차가 많이 막히지 않은 덕분에 시외버스 터미널에 금방 도착할 수 있었다. 근처 유료 주차장에 차를 주차한 규현은 약속 장소인 B 카페로 이동했다. 시외버스 터미널 근처의 지리는 대충 알고 있었기 때문에 B 카페를 금방 찾을 수 있었다.

칠흑팔검을 찾기 위해 이리저리 두리번거리고 있는 규현에게 안경을 끼고 30대 중반 정도로 보이는 남자가 조심스럽게 접근했다. 두 사람은 서로의 눈을 마주 보았고, 먼저 어색함을 느낀 남자가 스마트폰을 꺼내 어딘가로 전화를 걸었다. 그 순간 규현의 스마트폰 벨소리가 울렸다. 남자는 씨익 미소를 지었다.

"수호자 작가님이시죠?"

그렇게 말하며 그는 손을 내밀었다.

"네. 만나서 반갑습니다, 칠흑팔검 작가님."

칠흑팔검이 내민 손을 잡고 악수를 하며 규현이 말했다. 악수가 끝나고 칠흑팔검은 사람 3명이 앉아 있는 큰 테이블을 가리켰다.

"다들 모여 있어요. 가시죠."

규현은 앞서가는 칠흑팔검의 뒤를 따라갔다.

"수호자 작가님이십니다. 오늘 '만년필'에는 처음 오셨어요."

테이블에 도착하자 칠흑팔검은 규현을 모두에게 소개했다. 머리를 붉게 염색한, 대학생으로 보이는 남자가 의자에서 일어나 고개를 살짝 숙였다.

"반갑습니다. 기계 제국을 연재 중인 기계라고 합니다."

기계 작가. 규현은 문학 왕국에서 그의 작품을 본 적이 있었다. 기계가 세계를 지배한다는 내용의 기계 제국을 연재하는 중이며, 문학 왕국 베스트 15위 안에서 노는 작가였다. 순위는 자주 바뀌었지만 규현이 마지막으로 확인했을 때 그의 순위는 6위였다.

"반갑습니다. 수호자라고 합니다."

"저는 매그라예요. 잘 부탁."

기계의 뒤를 이어서 조금 깐깐해 보이는 인상의 매그라가 고개를 살짝 숙였다. 그는 던전에서 왕국을 세우는 이야기를 다룬 던전 왕국이라는 작품을 문학 왕국에서 연재 중이었고, 마지막으로 확인했을 때 베스트 5위였던 것으로 규현은 기억하고 있었다. 순위는 5위였지만 문학 왕국에서 제일 악명 높은 작가는 매그라였다. 그는 작 중 히로인을 끔찍하게 죽였고, 덕분에 '악명'을 얻게 되었다.

"저는 실버우드예요. 잘 부탁드립니다."

마지막으로 자신을 소개한 실버우드는 엘프가 키운 오크에 대한 이야기를 다룬 은빛 숲의 오크라는 작품을 연재 중이었다. 그는 언제나 9위나 10위를 아슬아슬하게 유지했다. 실버우드를 마지막으로 모든 작가의 소개가 끝났다.

"전부 모인 건가요?"

주문한 커피를 들고 와 앉으며 규현이 물었다. 칠흑팔검은 희미한 미소를 머금은 채 입을 열었다.

"전부 모인 건 아니에요. 이제껏 다들 바빠서 전원이 참석한 적은 없답니다."

규현은 고개를 끄덕였다. 이해가 갔다. 유료 연재 작가라면 일일 연재가 필수였다. 경우에 따라선 하루에 두 편씩 올리는 경우도 있었다. 매번 모임에 참석하는 것은 부담스러울 것이다. 규현도 비축분이 없었다면 오늘 모임에 오지 못했을 것이다.

"티미 작가님도 오시나요?"

"아뇨. 그분은 만년필의 회원이 아닙니다."

규현의 말에 칠흑팔검이 대답했다.

"그 사람, 자존심이 세다고 해야 하나? 무튼 그런 면이 조금 있어요."

매그라가 말했다. 그는 티미와 만난 적이 있는 것 같았다. 그러나 그의 표정이 좋지 않은 것으로 보아, 그 만남이 유쾌했던 것 같진 않았다. 그들은 카페에서 서로에 대한 소개와 근황만 짧게 이야기 나눈 뒤, 고깃집으로 자리를 옮겼다.

돼지 갈비를 불판에 구우면서 다섯 작가는 독자들에 대한 뒷담화도 하고, 작품 트렌드에 대해 이야기를 나누기도 했다.

술이 한두 잔 들어가자 모두 붉어진 얼굴로 대담한 이야기를 꺼냈다.

"그러고 보니, 칠흑팔검 작가님. 수호자 작가님 안 부른다고 하지 않으셨어요?"

"맞아요. 소문이 안 좋다고 안 부른다면서."

기계의 말에 매그라가 동조했다. 취기가 살짝 오른 그들은 거침이 없었다. 칠흑팔검은 규현의 눈치를 살피며 곤란해했다. 안경을 통해 보이는 그의 눈동자가 바쁘게 움직였다.

"실은 저희 모두 이상진 작가님과의 관계가 나빠지는 것을 원치 않았거든요. 1세대 작가님이랑 척을 져서 좋을 건 없으니까요."

실버우드가 상황을 설명하는 것으로 곤란해하는 칠흑팔검을 구원해 주었다.

"수호자 작가님의 귀환 황제 전기가 완결나면서, 상황이 조금 조용해졌죠. 그래서 초대할 수 있었습니다."

칠흑팔검이 최종 설명을 마쳤다. 규현은 고개를 끄덕이며 잘 익은 돼지 갈비를 입안에 넣고 씹었다. 그들의 입장도 이해할 수 있었다.

"그나저나 수호자 작가님, 차기작은 어떻게 하실 건가요? 판타지 제국이랑 차기작 계약은 안 하신 것 같은데."

"예? 판타지 제국이랑 차기작 계약 안 하셨어요?"

칠흑팔검의 질문에 실버우드와 기계가 놀란 눈으로 규현을 보았다. 판타지 제국이라는 큰 출판사 겸 매니지먼트와 차기작 계약을 안 했다는 것은 그들에게 있어서 놀라운 일이었다. 칠흑팔검과 같은 매니지먼트에 소속된 매그라는 이미 알고 있었던 것인지 크게 놀라지 않았다. 그들이 소속된 파란책은 단체 채팅방을 운영하고 있었기 때문에 작가들 간의 정보 전달이 빠른 편이었기 때문이다.

"차기작은 지금 준비하고 있습니다."

"현대 판타지인가요?"

규현의 대답에 칠흑팔검이 호기심 어린 눈동자로 규현을 보며 질문했다.

"네. 당연히 현대 판타지죠. 요즘 유행이니까요."

문학 왕국에서 가장 유행하는 장르는 현대 판타지였다. SF는 죽었고, 정통 판타지도 간신히 산소호흡기로 연명하고 있었다. 현대 판타지를 쓰면 못해도 절반은 간다는 말이 있을 정도였고, 현재 문학 왕국에서 연재 중인 작품의 70% 정도의 장르가 현대 판타지였다.

현대 판타지에서도 전문가물과 레이드물로 나누어지는데, 현재는 레이드물이 살짝 지고 있었고 전문가물이 뜨는 기세다.

"수호자 작가님의 차기작 성공을 기원하며 건배하죠."

실버우드의 말에 모두가 술잔을 채웠다. 칠흑팔검의 덕담과 함께 술잔이 부딪쳤다. 다시 빈 술잔을 채우고 돼지 갈비를 굽고 있을 때, 매그라가 규현을 보며 입을 열었다.

"그런데, 차기작은 어떤 내용이시죠? 생각해 둔 건 있을 거 아니에요?"

"사실은 아직 잘 모르겠어요. 노력하고 있지만 제 마음에 들지 않는 결과물만 나오고 있네요."

규현이 대답했다. 트렌드도 파악했고 문체도 가다듬었다. 모두가 좋아할 만한 소재로 프롤로그를 썼지만 판정은 냉정했다. 자세한 사정을 설명할 수 없는 게 답답했다. 만약 그들에게 설명한다면 규현은 미친놈 취급을 당할 것이다. 진지하게 정신과 진료를 권할지도 몰랐다.

"그럴 때는 잠시 쉬는 것도 방법인데, 주변 산책이라도 하면서 생각을 정리하는 건 어때요? 너무 뻔한 조언이지만 도움이 될 거예요. 급할수록 돌아가란 말도 있잖아요."

칠흑팔검이 조언했다. 옳은 말이었다. 시간은 많았다. 조급해할 필요 없었다.

"프롤로그만 쓰고 미래를 볼 순 없지만, 비인기 장르에 도전해 보는 것도 한 방법이에요. 죽어간다고는 하지만, 아직도 찾는 사람들이 있어요. 그리고 재밌게 쓰면 장르가 뭐든 간에 독자들은 봅니다."

"그래서 정통 판타지를 쓰라는 건가? 칠흑팔검 작가님, 견제 들어가네. 신인 밟기인가요?"

매그라가 입꼬리를 씰룩이며 말했으나, 규현은 칠흑찰검의 조언을 진지하게 받아들였다. 규현은 그동안 인기 있는 장르만 도전해 왔다. 레드 오션에서 벗어나 블루 오션을 찾는 것도 방법이었다. 정통 판타지는 현재 비인기 장르였고 그래서 정통 판타지를 쓰는 작가들의 수도 적었다. 이것은 곧, 조금만 뛰어난 소설을 쓴다면 확 눈에 띌 수 있다는 것을 의미했다.

"조언 감사합니다."

"진짜로 정통 판타지 쓰려고요?"

규현이 긍정적인 태도를 보이자 기계가 두 눈을 동그랗게 뜨고 물었다. 규현은 대답 대신 미소를 입가에 그린 채 술잔을 입가로 가졌다. 술잔을 비우고 다시 술잔을 채웠다. 그러는 동안 기계는 걱정스러운 눈으로 규현을 보았다.

"작가님, 정통 판타지 힘들어요. 조금만 잘 쓰면 뜰 수 있다는 생각을 가졌던 작가들이 한두 명이 아니었어요. 괜히 간보면서 20편 이상 썼다가 망하지 말고, 성공 가능성이 높은 현대 판타지 쓰세요."

기계의 조언이었다. 하지만 규현의 결심은 흔들리지 않았다. 그에게는 특별한 능력이 있었기 때문이었다. 평범한 작가라면 20편까지 쓰면서 분위기를 볼 것이다. 그리고 20편을 올리는 순간, 지금까지의 반응을 보고 미래를 예상할 것이다. 그리고 결정을 내릴 것이다. 연재를 계속할지, 깨끗하게 포기할지.

이건 평범한 작가들의 이야기.

규현은 20편까지 갈 필요도 없었다. 프롤로그만 쓰면 반응이 예측된다. 그러니 시간은 거의 낭비되지 않는다.

"걱정 마세요. 저는 그들과는 다르니까."

*　　　　　*　　　　　*

다들 할 일이 있었기 때문에 저녁만 먹고 헤어졌다. 규현은 대리운전 기사를 불러, 집으로 돌아갔다. 집에 도착한 규현은 자기 전에 간단하게 프롤로그를 한 편 써보았다. 전쟁터에서 죽은 검병이 황제의 몸에 빙의한다는, 인기 소재를 적절하게 섞은 정통 판타지였다.

[죽은 검병의 왕좌]
분류: 판타지.
종합 등급: C.
30일 뒤 예상 24시간 구매 수: 400.

종합 등급 C급. 결코 나쁘지 않았다. C급이라도 수준 차이가 있었다. C급 중에서 최상위권으로 추정되는 은빛 숲의 오크 같은 경우엔 문학 왕국 베스트 10위 안에서 아슬아슬하게 순위를 유지하고 있었다. 규현의 전 작품들에 비하면 훨씬 높은 등급이었지만 만족스럽진 않았다.

"지워야지."

규현은 혼잣말과 함께 죽은 검병의 왕좌를 하고 침대에 몸을 던졌다.

다음 날 이른 아침에 일어난 규현은 가벼운 옷차림으로 주변의 공원으로 나갔다. 공원을 산책하며 머리를 식힌 그는 대여점에 들러 1세대 판타지 소설을 많이 빌렸다. 1세대 판타지 소설의 대부분은 정통 판타지였기 때문에 큰 도움이 될 것이다.

집에 도착한 규현은 며칠에 걸쳐 빌린 책들을 모두 읽었다.

대여점에 책을 반납하고 집에 돌아온 규현은 노트를 펼쳤다. 여러 가지 정보와 인기 있는 소재와 문체 등을 필기해 둔 노트였다. 노트를 한번 검토한 후, 규현은 다시 컴퓨터를 켰다. 그리고 미리 생각해 둔 소재를 바탕으로 프롤로그를 완성했다.

[기사 이야기]

분류: 판타지.

종합 등급: A.

30일 뒤 예상 24시간 구매 수: 8,000.

기사 이야기. 말 그대로 기사들의 이야기를 다룬 전형적인 정통 판타지였다. 1세대 작가들의 문체를 사용하고 1세대에나 먹힐 법한 소재를 쓴 결과 스탯이 A급으로 나왔다. 어쩌면 '운' 또한 상당히 작용했을 것이라고 규현은 생각했다.

종합 등급이 A급이라는 것은 상당히 만족스러웠지만 예상 구매 수는 B급과 비슷한 수준이었다. 이것은 대중성이 다소 부족하다는 것을 의미했다. 규현은 프롤로그를 급히 수정한 후 다시 스탯을 확인했다.

[기사 이야기]

분류: 판타지.

종합 등급: A.

30일 뒤 예상 24시간 구매 수: 5,000.

로맨스 요소를 추가했더니, 오히려 구매 수가 하락했다.

"여긴 여자가 적다는 걸 깜빡했네."

문학 왕국에는 여성 독자들의 수가 상당히 적었다. 그것을 잊고 로맨스 요소를 넣었으니 구매 수가 하락할 수밖에 없는 것이다. 규현은 다시 프롤로그를 수정했다. 로맨스 요소를 '적당히' 넣었다. 기존에는 하녀와의 로맨스를 넣었지만 이번에는 왕녀와의 로맨스를 넣고 회귀 요소까지 넣었다.

　"후우."

　규현은 심호흡을 했다. 그리고 스탯을 확인하기 위해 마우스를 움직였다.

[기사 이야기]

분류: 판타지.

종합 등급: A.

30일 뒤 예상 24시간 구매 수: 20,000.

대성공이었다. 규현의 입가에 미소가 번졌다.

＊　　　　＊　　　　＊

아저씨들: 이렇게 재밌는 정통 판타지는 처음임. 꿀잼!

책 읽는 오크: 정통 판타지라니 조금 걱정되네요.

오크아이: 작가님 돌아오셔서 기뻐요!

리스본 앞바다: 어디서 본 듯한 소재에 본 듯한 스토리지만 일단 지켜보겠음.

　종합 등급 A에 빛나는 정통 판타지 기사 이야기의 연재가 시작되었다. 프롤로그를 올리고 1화를 올리기 무섭게 댓글이 몇 개 달렸다. 문학 왕국 베스트 상위권에 머물렀던 덕분에 신작 연재와 동시에 따라온 독자들의 수가 많았다. 그중에선 광팬들도 있었다.

　제일 많이 달린 댓글은 돌아와서 기쁘다는 내용의 댓글이었고, 그다음으로 비인기 장르인 정통 판타지를 연재한다는 사실에 우려를 표하는 내용이 많았다. 마지막으로 소수 독자들은 어디서 본 듯한 소재와 스토리라는 날카로운 지적을 하기도 했다.

　"조금 찔리네."

　독자들의 지적에 규현은 뜨끔했다. 1세대 판타지 소설, 그중에서도 기사 이야기와 비슷한 내용의 소설을 몇 번씩 읽은 탓에 영향을 조금 받은 것 같았다. 그건 규현도 인정하고 있었다.

　"글이나 써야겠다."

　캔 커피 하나를 마신 뒤, 규현은 몸을 간단하게 풀고 컴퓨터 앞에 앉았다. 키보드를 두드리는 규현의 손이 점차 빨라지기 시작했다.

　며칠 동안 규현은 외출도 최대한 자제한 채 글을 썼다. 그렇다고 해서 글만 썼던 것은 아니었다. 나름의 연구한 끝에 유료 연재 예상 구매 수는 어떤 짓을 해도 시간이 지날수록 조금씩 하락한다는 하나의 법칙을 알아냈다. 어쩌면 당연한 것일지도 모른다. 길게 연재한 작품들을 보면 중간에 독자들이 이탈하기 때문에 1화 조회수와 최신화 조회수가 상당히 차이가 난다.

　며칠 동안 기사 이야기의 스탯을 살펴본 결과, 독자들의 요구를 적당히 글에 반영하는 것으로 수정을 하니 하락하는 속도가 감소하는 것을 확인할 수 있었다. 다만, 너무 과하거나 부족하면 가만히 있는 것보다 하락 속도가 빨라졌다.

　리스본 앞바다: 주인공과 황녀의 러브 라인은 개연성이 없습니다. 제니아와 이어지는 게 더 좋을 것 같습니다.
　만신전: 황녀랑 맺어지면 저 하차합니다.

　규현은 눈살을 찌푸렸다. 오늘도 평소처럼 댓글을 확인하고 있었다. 그러던 중 그렇게 반갑지 않은 댓글을 발견할 수 있었다. 리스본 앞바다라는 독자와 만신전이라는 이름의 독자가 남긴 댓글이었다.

그들이 남긴 댓글에서 스토리에 직접적으로 간섭하고자 하는 의지가 느껴지고 있었다. 만신전 같은 경우에는 자신이 원하는 히로인과 이어지게 하지 않으면 하차하겠다는 협박까지 하고 있었다. 그러니 불쾌할 수밖에 없었다.

스토리에 크게 영향이 가지 않는 사소한 요청은 받아들일 수 있지만 지금처럼 스토리에 크게 영향이 가는 요구는 받아들일 수 없었다. 이런 경우는 한번 받아들이면 끝이 없었다. 그리고 무엇보다 튼튼하게 구축해 놓은 스토리 라인이 엉망으로 망가질 수도 있다.

"이런 건 무시가 답이지."

규현은 고개를 저으며 문학 왕국 홈페이지를 종료했다.

*　　　　*　　　　*

시간은 흘러 11월이 되었고, 기사 이야기도 20편 가까이 연재되었다. 기사 이야기는 귀환 황제 전기에 비해 등급도 높았고 반응도 훨씬 좋았지만 판타지 제국과 리디스 미디어는 물론이고, 어떤 출판사나 매니지먼트에서도 출간 제의 쪽지가 오지 않았다.

규현은 마우스를 움직여 쪽지함으로 들어갔다. 쪽지함은 비어 있었다. 아무래도 이상진 작가와의 일로 소문이 이상하게 난 것 같았다. 표절한 것은 규현이 아니라 상진이었다. 하지만 판타지 제국이 리디스 미디어와 합의를 하면서 해석을 이상하게 해버렸다. 그래서 이상한 소문이 난 것이다.

규현은 분명 죄가 없었고, 다들 알고 있을 것이다. 하지만 소문이라는 것은 자비가 없었다. 혹시나 싶어서 F5를 연이어 누르던 규현은 새로운 쪽지가 도착한 것을 확인할 수 있었다.

[안녕하세요. 파란책입니다.]

파란책이었다. 규현은 판타지 제국에서 나오면서 오성 북스나 파란책을 생각하고 있었다. 두 곳 모두 판타지 제국과 거의 비슷할 정도로 큰 출판사나 매니지먼트였다.

전화번호를 확인한 규현은 스마트폰을 꺼내 파란책의 기획팀장이라고 자신을 소개한 조규태에게 전화를 걸었다.

—여보세요?

통화 연결음이 끝나고 상대방이 전화를 받았다.

"쪽지 보고 연락드렸습니다."

—아, 그렇군요. 실례지만 필명이 어떻게 되십니까?

"수호자입니다."

—아! 수호자 작가님이시군요.

"바로 만나죠. 지금 어디십니까?"

규현의 물음에 규태는 위치를 말했다.

"옥수역이 중간 지점 같네요. 그곳에서 만나면 좋을 것 같습니다."

─옥수역 1번 출구 근처에 겨울눈이라는 카페가 있습니다. 거기서 기다리고 있겠습니다, 작가님.

"네."

규현의 대답과 함께 전화가 끊어졌다. 규현은 외출 준비를 서둘렀다. 침대에서 뒹구느라 헝클어진 머리를 간단하게 손보고 두꺼운 옷을 챙겨 입었다. 거울을 보고 상태를 확인한 규현은 1층의 주차장으로 내려가 7시리즈에 올라탔다. 이윽고 1층의 주차장에서 외제차 한 대가 출발했다.

도로를 따라 달리니 얼마 지나지 않아 옥수역 1번 출구에 도착할 수 있었다. 규현은 근처에 차를 주차하려 했지만 주차 공간은 전부 만 원이라, 조금 떨어진 곳에 주차할 수밖에 없었다.

"후우, 조금 춥네."

규현의 입에서 하얀 입김에 새어 나왔다. 11월의 바람은 차가웠다. 찬바람에게서 손을 보호하기 위해 주머니에 손을 찔러 넣고 걷기를 5분 정도. 겨울눈이라는 이름의 카페에 도착할 수 있었다. 규태의 얼굴을 모르기 때문에 규현은 전화를 걸었다.

―네, 작가님. 저 다 와갑니다. 조금만 기다려 주세요.

통화가 끝나고 얼마 지나지 않아서 문이 열리고 안경을 낀 남자가 걸어 들어왔다. 주변을 두리번거리며 누구를 찾는 게 파란책의 기획팀장인 규태가 분명해 보였지만 확인을 위해 전화를 걸어보았다. 남자가 스마트폰을 꺼내 든 순간 규현은 전화를 끊고 거리를 좁혔다.

"조규태 팀장님?"

"아, 수호자 작가님이신가요?"

서로를 확인한 두 사람은 짧은 인사말을 주고받았다. 규현은 자리를 잡았고 규태는 커피를 주문했다. 이윽고 주문한 커피가 나오자 규태는 커피 2잔을 들고 와 테이블 위에 올렸다.

"수호자 작가님의 작품은 잘 읽고 있습니다. 귀환 황제 전기는 물론이고, 기사 이야기도요. 특히 기사 이야기는 독자들이 거부감을 느끼지 않을 정도의 적당한 연애 묘사와 기사들의 진솔한 면을 볼 수 있어서 정말 좋았습니다."

규태는 판타지 제국의 기획팀장 병호와 처음 만났을 때처럼 규현의 작품 이야기를 하면서 가볍게 말문을 열었다.

"재밌게 읽어주셨다고 하니 감사합니다."

"정말 재밌었습니다. 파비앙과 제국의 기사들! 어떻게 전개

될지 두근두근하네요."

말을 마치며 규태는 커피를 마셨다. 그를 보며 규현은 어두운 얼굴로 입을 열었다.

"재밌으면 뭐 합니까. 출간 제의는 하나도 받지 못했는데."

"네? 저희가 처음이라는 말씀이신가요?"

규현의 말에 규태가 깜짝 놀라 물었다. 규현은 대답대신 고개를 끄덕였다. 규태는 눈살을 찌푸렸다.

"작가님에게 왜 그런 일이 벌어졌는지 알 것 같네요. 실은 업계에 작가님에 대한 좋지 않은 소문이 조금 돌고 있어요. 아마도 출처는 리디스 미디어일 거예요. 판타지 제국은 관여했는지 확실하지 않지만 리디스 미디어는 확실합니다."

"어이가 없네요."

리디스 미디어의 행동에 규현은 상당히 화가 났다. 웬만하면 적을 만들지 않기 위해서 적당히 내버려 두려고 했다. 그런데 이렇게 뒤통수를 거하게 치다니 철저한 응징이 필요할 것 같았다.

"어쩌면 저와 계약하시면 리디스 미디어와 관계가 나빠질 수도 있는데 괜찮겠어요? 판타지 제국도 저를 좋게 보는 것 같지는 않은데."

규현의 말에 규태는 조용히 계약서를 꺼내 테이블 위에 올렸다.

"작가님, 여기에 서명하시면 저희 가족이 되는 겁니다. 소문은 들었습니다. 판타지 제국이 작가님을 버렸죠. 하지만."

규태가 계약서에 필요한 내용을 기입한 뒤 고개를 들어 규현을 보았다.

"저희는 작가님에게서 끝없는 가능성을 보았고, 가족이 되고 싶습니다."

"저야 상관없지만, 괜찮겠어요?"

파란책의 입장을 염려하는 규현. 개인적으로 파란책의 각오를 확인하고 싶었다. 판타지 제국처럼 이익을 위해 자신을 포기하고자 하는 기색이 보이면 계약을 하지 않을 생각이었다. 규태는 미소를 지으며 입을 열었다.

"가족은, 힘들더라도 가족을 포기 안 해요."

가족은 힘들다고 해서 가족을 버리지 않는다. 그 말은 판타지 제국에게 배신당한 규현의 마음을 움직이기에 충분했다.

"계약 조건에 대해서 설명해 주시죠."

규현은 규태에게 계약 조건을 설명해 줄 것을 요구했다. 규태의 말이 규현의 마음을 움직인 것은 사실이었으나, 그 말만 믿고 덜컥 계약하는 것은 멍청한 일이었다. 가족은 힘들다고 해서 가족을 버리지 않지만, 돈이 관련되면 조금 불편한 사이가 되는 것 또한 사실이었다. 장르 소설계의 계약 조건이야 비슷비슷하지만 가끔 노예 계약을 요구하는 출판사도 있기 때문에 확인은 필수였다.

"여기 보시면 아시겠지만, 문학 왕국 유료 연재 정산 비율은 7 : 3입니다. 그리고 다른 플랫폼은 6 : 4예요."

파란책의 계약 조건은 판타지 조건과 상당히 비슷했다. 규현은 자신의 가치도 확인해 볼 겸 가벼운 도박을 해보기로 했다.

"타 플랫폼 정산 비율을 7 : 3으로 해주세요."

"알겠습니다. 그렇게 해드리죠."

규현의 제안을 규태는 흔쾌히 승낙했다. 규현은 몰랐지만 사실 규태는 처음부터 타 플랫폼 정산 비율을 7 : 3으로 생각하고 있었다. 규태는 정산 비율에 대한 내용을 계약서에 써넣었다.

"선인세는 어떻게 하시겠어요?"

"1,000만 원."

규태의 물음에 규현은 예전부터 부르고 싶었던 금액을 망설임 없이 불렀다. 만약 안 된다고 하면 적당히 가격을 내릴 생각이었다.

"좋습니다. 1,000만 원 드리죠."

규태의 대답에 규현은 깜짝 놀라 의자에서 일어났다. 규태는 입가에 미소를 그린 채 입을 열었다.

"어차피 미리 받는 돈인데요."

선인세. 말 그대로 미리 받는 인세를 말한다. 1,000만 원을 받으면 그 돈을 다 채운 뒤에서야 인세를 추가로 받을 수 있다. 출판사나 매니지먼트마다 작가에게 주는 선인세는 차이가 있었지만 공통점이 하나 있었다. 바로 많은 금액을 주지 않는다는 것이다. 괜히 많은 금액의 선인세를 주었다가 그만큼 벌지 못하면 손해를 보기 때문이었다.

1,000만 원의 선인세를 흔쾌히 주겠다고 하는 것으로 보아 파란책에서 규현에게 거는 기대가 크다는 것을 알 수 있었다.

"당연히 차기작도 계약하실 거죠?"

"아뇨."

1,000만 원이나 되는 선인세를 주기로 했으니, 당연히 차기작도 계약할 것이라 생각했지만 규현은 고개를 저었다. 파란책에 대한 소문이 좋고, 선인세를 많이 준다고는 하지만 아직 그들을 완전히 믿을 수는 없었다.

규현은 되도록 한 번에 차기작까지 해서 두 작품을 계약하는 것은 피하고 싶었다. 판타지 제국의 경우를 보면 알겠지만 사람 앞일은 예상하기 힘든 것이다.

"그러지 말고, 차기작도 계약하시죠. 저희가 잘해 드리겠습니다."

"그건 다음에 이야기하죠."

규태가 입가에 미소를 띤 채 말했으나, 규현은 흔들리지 않았다. 귀환 황제 전기의 전자책 인세도 무시하지 못할 정도로 들어오고 있기 때문에 당장 돈이 아쉬운 것도 아니었다. '푼돈'에 미래를 팔 이유는 없었다.

"알겠습니다."

규태도 더 이상 제안하는 것을 그만두고 계약서를 내밀었다. 규현은 계약서를 꼼꼼하게 읽은 후 서명했다. 완성된 계약서는 두 사람이 나눠 가졌다.

"식사 같이하시겠습니까?"

카페를 나오면서 규태가 물었다. 규현은 시간을 확인했다. 저녁을 먹을 시간이었다.

"네, 좋죠."

규현은 흔쾌히 승낙했다. 어차피 다른 약속도 없었다. 집에 가면 하는 게 글을 쓰는 것이었는데, 기사 이야기는 비축분이 많이 있었기 때문에 하루 정도 저녁 시간을 할애한다고 해서 문제가 생길 리는 없었다.

"혹시 차 있으십니까? 없으시면 제 차로……."

"아뇨. 차 있습니다."

"가까운 곳에 주차하셨나요?"

"아뇨. 조금 떨어진 곳에 주차해 두었습니다."

규현의 대답에 규태는 턱을 긁적이며 입을 열었다.

"그러면 그냥 근처에서 먹죠. 제가 안내하겠습니다. 괜찮은 설렁탕 식당이 있습니다. 설렁탕 좋아하시나요?"

"예. 그럭저럭."

"그럼 안내하겠습니다."

규태가 먼저 앞장서서 걸어갔다. 규현은 규태의 뒤를 따라 걸었다. 5분 정도 걷자 목적지에 도착할 수 있었다. 조금 일찍한 시간임에도 불구하고 식당 안은 사람들이 붐볐다. 남아 있는 자리가 얼마 없을 정도였다. 규태는 빠른 걸음으로 움직여 자리를 잡고 규현을 향해 손을 흔들었다.

"여기예요."

규현이 자리에 앉았다. 규태가 메뉴판을 내밀었다. 이 식당에 자주 오는 규태는 거의 대부분의 메뉴를 외우고 있었기 때문에 메뉴판이 필요 없었다. 사실 메뉴라고 해도 몇 종류 없었지만. 규현이 메뉴를 결정하자 규태가 주문을 했다. 얼마 지나지 않아서 설렁탕 2개가 두 사람의 앞에 놓였다.

"그 소문의 출처가 리디스 미디어가 확실합니까?"

설렁탕을 먹으며 규현이 소문의 출처에 대한 이야기를 꺼냈다. 젓가락으로 깍두기를 집어 들고 있던 규태는 깍두기를 다시 놓고 입을 열었다.

"거의 확실한 거 같아요. 그런데 왜 그러시죠?"

"아뇨. 그냥 확실하게 알고 싶었어요."

소문의 출처가 리디스 미디어가 확실한 것인지 알고 싶었다. 그런데 규태의 대답을 들어보니 확실한 것 같았다.

'나를 아주 만만하게 봤다 이거지?'

규현은 살벌한 눈빛으로 죄 없는 설렁탕을 노려보았다. 이것으로 리디스 미디어에 대한 복수 계획에 확정 말뚝을 박게 되었다.

"설마 리디스 미디어에 복수를 하려고 하시는 건 아니죠? 작가님 심정은 이해합니다만, 출판사를 상대로 개인이 복수할 수 있는 방법은 거의 없어요."

그의 말대로 출판사를 상대로 작가 개인이 할 수 있는 복수는 얼마 되지 않기도 하고 어렵다. 작은 출판사라면 어떻게든 복수가 가능할지도 모른다. 하지만 리디스 미디어는 결코 작은 출판사가 아니었다.

"제가 언제 개인으로 복수한다고 했나요?"

"무슨 말씀이죠?"

규태는 규현의 말뜻을 이해하지 못했다. 그런 그를 보며 규현은 미소를 지었다.

"때가 되면 알게 되실 겁니다."

＊　　　　＊　　　　＊

늦은 밤 집에 돌아온 규현은 기사 이야기의 댓글을 확인했다. 댓글들은 다 비슷비슷했지만 유난히 눈에 띄는 댓글이 하나 있었다.

풍삽: 작가가 표절 논란이 있다고 하더니, 글도 이상하네! 님들, 지금 이 작가 출판계에서 악명이 높다고 하네요!

댓글 알바로 의심될 수준의 악플에 규현은 눈살을 찌푸렸다. 리디스 미디어에 대해 좋지 않은 말을 방금 듣고 와서 그런지 풍삽이라는 독자의 댓글이 알바로 의심될 정도였다.

"신경 쓰지 말자."

규현은 스스로에게 조언하며 다른 댓글을 확인했다. 다행히 풍삽이라는 독자의 댓글을 제외하면 전체적으로 분위기는 좋은 편이었다. 눈동자를 바쁘게 움직여 댓글을 모두 확인한 규현은 컴퓨터를 끄고 침대로 몸을 던졌다. 복잡한 생각을 정리하고 있으니 잠이 쏟아졌다. 규현은 기꺼이 잠의 초대에 응했다.

다음 날 규현은 파란책 단체 채팅방에 초대받았다. 파란책은 작가들 간의 친목을 도모하기 위해 단체 채팅방을 운영하고 있었다. 그 덕분인지 파란책과 계약 중인 작가들은 서로 친한 경우가 많았으며 소속감을 가지고 열심히 글을 쓰고 있었다.

[수호자: 반갑습니다. 수호자라고 합니다.]
[매그라: 또 뵙네요. 반갑습니다.]
[칠흑팔검: 환영합니다. 수호자 작가님.]
[김중부: 기사 이야기 작가님이시네요. 재밌게 읽고 있습니다.]

규현이 단체 채팅방에 인사를 올리기 무섭게 3명의 작가가 환영해 주었다. 환영 인사를 건넨 3명의 작가 중 2명은 만년필 모임에서 만났던 작가들이었다.

[수호자: 앞으로 잘 부탁드리겠습니다.]

규현은 간단한 인사를 하고는 스마트폰을 손에서 놓았다. 알림음이 몇 번 울리는 것으로 보아 다른 작가들이 인사를 하는 것 같았다. 규현은 메시지를 대충 확인한 후 글을 쓰기 시작했다.

시간은 빠르게 흘러 11월 말이 되었다. 11월은 끝을 보이고 있었고, 12월이 다가오고 있었다. 기사 이야기는 40편 이상 연재되었고 유료 연재 전환을 앞두고 있었다. 바로 내일이 유료 연재로 전환되는 날이었다. 유료 연재 전환을 앞두고 규현은 기사 이야기의 선호작을 확인해 보았다.

[기사 이야기]
분류: 판타지.
선호작: 20,100.

선호작은 2만을 넘었고 베스트 2위를 유지하고 있었다. 1위는 티미의 제국 방어기였다. 티미의 제국 방어기는 문학 왕국 독자들에게 있어서 일종의 종교에 가까울 정도로 찬양을 받고 있었다. 규현은 제국 방어기를 클릭해서 선호작을 확인해 보았다.

[제국 방어기]
분류: 판타지.
선호작: 25,323.

규현보다 선호작 수치가 5천 정도 높았다. 그 수치에 규현은 혀를 내둘렀다. 그는 다시 한번 티미와 제국 방어기의 스탯을 확인하기 위해 마우스를 움직였다.

[제국 방어기]
분류: 판타지.
종합 등급: A.
30일 뒤 예상 24시간 구매 수: 약 24,000.

[티미]
종합 등급: A.

예상 구매 수가 선호작 수치보다 적었지만 거의 비슷했다.
그것만 보아도 티미의 독자들이 얼마나 광신도에 가까운 모
습을 보이고 있는지 알 수 있었다.

제국 방어기의 스탯은 A. 티미의 스탯도 A였다. 티미는 극
한까지 실력을 키운 몇 안 되는 작가였다. 티미의 성격은 더
러웠지만 잠재력의 한계까지 자신을 개발한 점은 칭찬 받
을 만했다. 분명 피나는 노력을 했을 것이다. 잠재력을 거의
100% 발휘하는 티미의 모습이 규현은 진심으로 부러웠다.
규현도 노력하고 있었지만 100% 발휘하는 것은 아직 무리였
다.

"어떻게 하는 게 좋을까."

잠시 생각을 정리하고 있을 때, 스마트폰이 울렸다. 규현은 책상 위에 올려놓은 스마트폰을 들어 올려 화면을 확인했다. 규현의 새로운 담당 편집자 신창석이었다.

"여보세요."

—작가님, 지금 통화 혹시 가능하세요?

규현이 전화를 받자 조금 들뜬 듯한 창석의 목소리가 들려온다. 뭔가 기쁜 일이 있는 것 같았다.

"네. 통화 가능합니다."

딱히 바쁜 일도 없었고, 통화는 가능했다.

—제이엔 미디어에서 작가님의 작품을 종이책으로 내고 싶다고 합니다!

매니지먼트는 출판사가 아니기 때문에 전자책이 아닌 종이책의 경우 다른 출판사와 계약해서 출간하고 있었다. 판타지 제국 같은 경우엔 출판사 겸 매니지먼트였기 때문에 자체 출간이 가능했던 것이다.

매니지먼트와 계약하면 전자책 출간은 확실하지만 종이책 출간은 불확실한 경우가 많기 때문에 출판사와 계약을 선호하는 작가들이 제법 많은 편이었다. 다만 파란책 같은 경우엔 워낙 문학 왕국에서 유명한 매니지먼트였기 때문에 많은 작가들이 계약하기를 원하고 있었다.

"제이엔 미디어요?"

―네. 계약 조건을 확인해 봤는데, 상당히 좋습니다. 이렇게 좋은 조건을 받아본 건 처음이에요!

창석이 흥분해서 빠른 속도로 말했다.

―계약 조건 보내 드릴까요?

"네. 그렇게 해주세요."

―지금 메일로 보내 드릴게요.

마침 컴퓨터가 켜져 있었기 때문에 규현은 바로 메일을 확인할 수 있었다. 확실히 계약 조건이 좋았다. 제이엔 미디어는 기사 이야기가 많이 팔릴 것이라는 것을 확신하고 있는 것 같았다.

"상당히 좋네요."

―그렇죠? 저는 이대로 진행하는 게 좋을 것 같다고 생각합니다. 작가님 생각은 어떠신가요?

"저도 진행하는 게 좋을 것 같습니다."

규현이 대답했다. 생각할 것도 없었다. 이렇게 좋은 조건을 놓칠 순 없었다.

―그럼 팀장님께 보고드리겠습니다.

"네, 수고하세요."

전화 통화가 끝났다. 규현은 의자 등받이에 기대며 입가에 미소를 머금었다.

시간은 빠르게 흘러 12월 중순이 되었다. 기사 이야기 종이책이 나온 것을 제외하면 특별한 일은 없었다. 규현은 외출도 거의 하지 않았다. 현석을 한 번 만나고, 동아리 회식에 한 번 참석한 것을 제외하면 타인과의 교류도 거의 없었다. 비축분을 만드느라 바빴던 탓이다. 기사 이야기 작가 증정본을 받은 규현은 박스를 뜯어 기사 이야기를 들어 올렸다.

[기사 이야기]
분류: 판타지.
종합 등급: A.
30일 뒤 예상 반품률: 10%.

예상 반품률이 10%였다. 상당히 좋은 수치였기 때문에 규현의 입가에 환한 웃음꽃이 피었다. 스탯을 확인한 규현은 인터넷에 들어갔다. 기사 이야기를 검색해 보았다.

[정통 판타지의 부활! 기사 이야기!]
[기사 이야기 10점 만점에 9점!]
[기사 이야기의 모든 것. 스포 주의.]

블로거들의 반응은 상당히 좋았다. 특히 두 번째 블로거는 전 작품 하나에 1점을 주었던 것으로 기억하고 있었는데,

이번에는 9점을 주니 기분이 좋았다. 별점도 9.5점으로 상당히 좋았다.

독자들은 기사 이야기로 인해 정통 판타지가 부활할 것이라고 말하며 좋아했다. 그동안 정통 판타지 장르에서 볼 만한 작품은 나오지 않고 있었기 때문에 그들은 기사 이야기가 더욱 반가웠던 것이다.

기사 이야기가 성공한 뒤, 문학 왕국에서 정통 판타지를 연재하는 작가들이 늘어났다. 하지만 대부분 결과는 그렇게 좋지 않았다. 반응을 살피면서 히죽거리고 있을 때 스마트폰이 울렸다. 화면을 확인하니 전화를 건 사람은 창석이었다.

"여보세요."

─작가님! 기뻐하세요! 증쇄 요청이 들어왔다고 합니다!

창석은 상당히 많이 흥분한 상태였고, 그의 말을 들은 규현 또한 마음이 벅차오르는 것을 느낄 수 있었다. 보통 1권과 2권은 각각 1,000부에서 2,000부를 뽑아낸다. 현재 대여점은 줄어들고 사람들은 책을 사서 보지 않고 있었기 때문에 처음 찍어낸 책이 다 팔려서 증쇄 요청이 들어온다는 것은 거의 불가능에 가까웠다.

"진짭니까?"

규현은 믿지 못했다. 종이책은 그냥 덤으로 낸다고 생각했는데, 생각지도 못한 대박이 터졌다.

─진짭니다!

"이거 나중에 전자책 순위도 기대해도 되는 건가요?"

문학 왕국의 규정 때문에 100편 이상 쓴 작품만 전자책 플랫폼에 넣을 수 있기 때문에 지금 당장 전자책 판매 플랫폼에 꽂는 것은 무리였다. 하지만 곧 꽂을 수 있을 것이다. 하루에 2편씩 올리고 있으니, 한 달이 안 되는 짧은 시간만 기다리면 전자책 사이트에 올릴 수 있다.

─물론입니다! 작가님! 정말 대박이에요!

창석은 거듭 대박이라고 말하며 기뻐했다. 통화가 끝나고 규현은 박스에 쌓여 있는 기사 이야기 1권과 2권을 보며 의미심장한 웃음을 흘렸다.

"이거 진짜 가능할지도 모르겠어."

의미를 알 수 없는 혼잣말이 좁은 원룸 안에서 떠돌았다.

6장

가벼운 복수

　─작가님, 새해 복 많이 받으세요.

　"편집자님도 새해 복 많이 받으세요. 지금 통화 가능하신가요?"

　규현의 전화를 받은 담당 편집자 창석이 밝은 목소리로 새해 인사를 건넸다. 규현도 밝은 목소리로 답했다.

　─네, 작가님. 지금 통화 가능합니다. 무슨 일이시죠?

　"1월에 기사 이야기 전자책이 유통된다고 들었는데, 언제쯤 유통이 되는지 궁금해서요."

　1월에 기사 이야기 전자책이 전자책 판매 사이트에 올라간다는 말을 들은 적이 있었다. 아직 1월 초였지만 규현은 기사 이야기의 전자책 성적을 빨리 보고 싶어서 물어본 것이다.

―그렇지 않아도 작가님에게 연락드리려고 했습니다. 내일 대한민국의 모든 전자책 판매 사이트에 유통될 예정입니다.

창석이 대답했다. 이미 파란책에선 모든 절차를 밟은 상태였다. 각 전자책 판매 사이트에서 합의한 날짜에 올리기를 기다리기만 하면 됐다.

"30위 안에 들 수는 있겠죠?"

말은 그렇게 하고 있지만 사실 규현도 기사 이야기가 30위 안에 쉽게 들 수 있을 것이라 생각하고 있었다. 상위권은 바라지도 않았다. 그토록 인기를 끌었던 귀환 황제 전기조차 25위를 간신히 유지하고 있었기 때문이다.

북페이지를 포함한 전자책 판매 사이트들에는 정현도처럼 문학 왕국에 연재하지 않는 유명한 작가들의 작품들도 다수 포진하고 있었기 때문에 순위권에 들어가는 게 쉽지 않았다. 특히 3위권은 정현도와 김상균이라는 1세대 작가 두 명과 티미라는 부동의 높은 벽이 버티고 있었기 때문에 진입은 꿈도 꿀 수 없을 정도였다. 특히 김상균 작가의 검은 용 기사단은 완결권이 나왔음에도 불구하고 1위를 유지하고 있는 괴물이었다.

보통 완결이 된 작품들은 한참 연재하고 있는 작품들에 밀려 15위권 밖으로 밀려 나는 경우가 대부분이었다.

―당연히 30위 안에 들어갈 수 있을 겁니다. 작가님, 기사 이야기 종이책이 대박 난 거 보면 15위 진출도 노려볼 법합니다.

"하하."

창석이 자신만만하게 말했지만 규현은 웃어넘겼다. 북페이지 15위권. 그곳에선 소수를 제외하면 거목과 같은 1세대 판타지 소설들이 버티고 있었다. 얼마 전 북페이지에서 그들의 스탯을 확인했을 때, 대부분이 A급이었다. 15위권은 도저히 상상이 가지 않았다.

―너무 걱정하지 마세요, 작가님. 제가 다른 많은 작품들을 봐왔지만 종이책이 이렇게 대박 난 건 정말 오랜만에 봅니다.

"감사합니다."

―내일 오전에 올라갈 테니까, 오후쯤 되면 아마 순위가 집계될 겁니다. 오후에 확인해 보세요.

창석의 조언대로 규현은 기분 전환 삼아 산책을 다녀온 뒤, 늦은 오후에 컴퓨터를 켰다. 평소라면 문학 왕국에 접속했을 테지만, 오늘 그는 북페이지에 접속했다. 그리고 판무 베스트 메뉴를 클릭했다.

긴장되는 순간, 분명 짧지만 길게 느껴지는 로딩이 끝나고
순위가 나타났다.

12: 호위 무사(이기어검)

13: 칠흑검존(칠흑팔검)

14: 기사 이야기(수호자)

15: 베르샤 영웅전기─완─(한대진)

16: 던전 왕국(매그라)

규현이 쓴 기사 이야기가 15위권에 들었다. 그것도 아슬아
슬하게 15위에 자리 잡은 게 아닌 14위였다. 높은 순위답게
익숙한 필명들이 보였다. 같은 매니지먼트에 소속되어 있는
매그라 작가와 칠흑팔검 작가, 그리고 1세대 작가지만 지금
은 펜을 놓은 한대진 작가도 보였다. 이기어검 작가 같은 경
우엔 1세대 작가는 아니었지만 무협에서 상당히 많이 유명한
작가였다.

첫 진입과 함께 14위. 지금 상황에서 순위가 하락할 수도
있지만 상승할 확률이 더 높았다. 규현도 그 사실을 잘 알기
때문에 입가에 미소가 번지는 것을 막을 수 없었다. 때마침
스마트폰이 울려서 확인해 보니 파란책 단체 채팅방은 난리
가 나 있었다.

[칠흑팔검: 14위 축하드립니다.]

[매그라: 또 저를 뛰어넘으셨군요. 크큭.]

칠흑팔검과 매그라였다. 두 작가 외에도 3명 정도 되는 작가들이 축하 인사를 건넸다. 대한민국의 모든 전자책을 취급하는 북페이지에서 14위를 했다는 것은 대한민국의 모든 장르 소설 중에서 14위를 했다는 것과 비슷한 의미를 가지고 있었기 때문에 모두가 부러워하고 있었다.

[수호자: 감사합니다.]

규현은 간단하게 감사를 표했다. 그 뒤로도 몇 명의 작가들이 축하 인사와 함께 간단한 말을 걸어왔지만, 적당히 대답해 준 뒤 스마트폰을 내려놓았다. 스마트폰을 내려놓은 그는 오랜만에 판타지 소설 커뮤니티에 접속했다.

[기사 이야기, 북페이지 14위 등극.]

[조금 개연성이 없는 게, 기사 혼자서 어떻게 왕국 연합 요새에 잠입해서 제니아를 구출함?]

[기사 파비앙 너무 센 거 아닙니까? 왕국 연합 최정예 기사

15명을 혼자서 썰어버리네.]

　[님들, 제국 방어기 보셈. 제국이랑 서부 군주 연합이랑 전쟁 시작했음.]

　대부분이 기사 이야기와 관련된 이야기였고 소수만이 티미의 제국 방어기에 관련된 이야기를 하고 있었다. 대부분 기사 이야기에 우호적이었지만 소수는 개연성에 문제가 있다면서 지적을 하기도 했다. 아마 최근에 올린 편이 문제였던 것 같다.

　최신 화는 중앙 제국의 기사이자 주인공인 파비앙이 납치당한 소꿉친구 제니아를 구출하기 위해 황녀인 세리아의 명령을 어기고, 단신으로 왕국 연합 요새에 쳐들어가 제니아를 구출한다는 내용이었다.

　"결국 지적당했네."

　파비앙이 아주 강한 기사이긴 했지만, 왕국 연합의 최정예 기사 15명을 혼자서 상대하는 것은 규현도 조금 문제가 있다고 생각하고 있었다. 담당 편집자인 창석이 고쳐보는 게 어떠냐고 권하지 않았던 부분이라 넘어갔었지만 지적이 들어올 것이라고 예상하고 있었다.

　흔히 말하는 아주 강력한 주인공이 등장하는 요즘, 장르 소설이라면 문제될 것 없었지만 기사 이야기는 1세대 정통 판타지를 모방하여 만들어진 작품이었고, 해당 독자층을 노리고 있었기 때문에 조금 문제가 있을지도 모르는 부분이었다.

"문학 왕국 댓글도 확인해야겠네."

규현은 혼잣말을 중얼거리며 냉장고로 향해 시원한 물이 담긴 병을 가지고 왔다. 미리 준비한 컵에 물을 채워 넣은 그는 컵을 입가로 가져가 물을 한 모금 마신 뒤 문학 왕국에 접속했다.

풍삽: 개연성에 좀 문제가 많음. 절대로 저건 가능한 일이 아님. 불가능함.

오크아이: 판타지 소설에서 불가능한 일이라고 하면 뭘 어떻게 전개합니까?

리스본 앞바다: 이번 화는 조금 문제가 있네요. 수정해 주세요.

문학 왕국의 독자들은 까다롭기로 유명했다. 그 명성에 걸맞게 바로 지적이 들어왔다. 특히 풍삽이라는 독자는 저 댓글 외에도 악랄하게 규현을 물어뜯었다. 악질적인 스토커라는 생각이 들 정도였다.

리스본 앞바다 같은 경우엔 작가에게 적극적인 수정을 요청하고 있었지만 규현은 수정을 하는 대신 조용히 뒤로 가기를 눌렀다.

그는 독자들의 댓글을 적당히 참고하는 게 좋다고 생각하고 있었지만, 무리한 요구는 수용할 필요가 없다고 생각했다. 규현이 생각할 때 개연성에 조금 문제가 있긴 하지만 수정을 할 정도로 심각한 수준은 아니었다. 스탯의 변화도 크게 없었고 말이다.

"어라?"

댓글 확인을 끝내고 베스트를 확인하던 규현은 예상치 못한 새로운 작품을 발견하였다. 규현의 두 눈이 빛난다.

32: 연기 신성 천시준(화상)

연기 신성 천시준이라는 작품의 표지 로고가 익숙했다. 규현은 마우스를 움직여 표지를 확대했다.

"확실하네."

절대로 잊을 수 없는 익숙한 로고.

"리디스 미디어."

리디스 미디어의 로고였다.

리디스 미디어. 규현에게 참을 수 없는 굴욕을 선사한 출판사였다. 차기작 문제에서 사소하게 시작된 그것은 이상진 작가의 표절에 가까운 참고 사건에서 절정에 도달했다. 그때 느꼈던 굴욕감은 아직도 선명하게 느껴지고 있었다.

"심심한데, 차기작이나 써볼까."

리디스 미디어의 로고를 본 순간 규현은 영화배우를 소재로 한 신작을 쓰고 싶어졌다. 지금 기사 이야기를 쓰고 있지만 비축분도 충분하고 연참을 이어가던 것을 멈추고 일일 연재를 시작하면서 여유가 많이 생겼다. 연참을 하지 않고 일일 연재를 한다면 작품 하나 정도는 더 연재할 수 있을 것 같았다.

연기 신성 천시준의 연재 속도와 분량으로 볼 때 2월 초에 유료 연재에 진입할 것으로 보였다. 연기 신성 천시준에게 치명적인 타격을 주려면 비슷한 시기에 유료 연재에 진입해야만 했다. 그렇게 하려면 시간 관계상 초반부 연참이 필요했지만 기사 이야기의 비축분이 충분했기 때문에 초반부 연참 정도는 어렵지 않았다.

리디스 미디어에게 가벼운 복수를 하겠다고 결심한 규현은 화상 작가의 연기 신성 천시준을 정독했다. 연기 신성 천시준은 중년의 3류 영화배우가 트럭에 치여 과거로 돌아가 다시 연기 인생을 시작한다는 전형적인 회귀물이었다. 약 1시간 만에 최신 편까지 다 읽은 규현은 연기 신성 천시준의 스탯을 확인했다.

[연기 신성 천시준]
분류: 현대 판타지.
종합 등급: C.
30일 뒤 예상 구매 수: 약 1,000.

[화상]
종합 등급: B.

　최근 문학 왕국에서 인기를 끌고 있는 전문가 소재에 회귀 요소와 갑질 요소까지 넣었음에도 불구하고 스탯은 C급이었다. 이건 결코 낮은 등급은 아니었다. 글을 써서 벌어먹기엔 충분한 작품 스탯이었다. 작가 스탯도 B급으로 괜찮은 편이었다.

　하지만 연기 신성 천시준이라는 작품만으로는 영화배우를 소재로 한 소설에 대해 완벽하게 파악하기엔 문제가 있었다. 규현은 순위권에 들어가 있는 다른 작품을 찾아보았다.

　규현의 기억이 틀리지 않았다면 15위에서 20위 사이에 연기자를 소재로 쓴 작품이 하나 있을 것이다.

　얼마 지나지 않아서 문학 왕국 베스트 15위를 유지하고 있는 이한수 작가의 연기의 제왕이라는 소설을 찾을 수 있었다.

'스탯을 확인해 보자.'

규현은 연기의 제왕의 스탯을 확인했다.

[연기의 제왕]

분류: 현대 판타지.

종합 등급: B.

30일 뒤 예상 24시간 구매 수: 약 5,500.

[이한수]

종합 등급: A.

베스트 15위를 유지하고 있는 작가답게 작품은 물론이고 작가 스탯도 높은 편이었다. 게다가 다른 작품이 서재에 없고 이름을 인터넷에 검색해 보아도 다른 작품이 나오지 않는 것으로 보아 연기의 제왕이 첫 작품일 확률이 높았다. 첫 작품부터 B급이라는 것은 후에 A급 작품을 집필할 확률이 높다는 것이다.

"계약은 판타지 제국과 했군."

표지 구석에 위치한 로고는 판타지 제국의 로고였다. 판타지 제국과의 감정도 그렇게 좋은 편은 아니었기 때문에 규현은 눈살을 찌푸렸다. 하지만 연기자를 소재로 소설을 쓰기 위해선, 그 분야에 대해서 알아야만 했다.

주변에 연기의 길을 걷고 있는 사람이 있으면 정말 좋지만 그렇지 않으니, 인터넷 검색과 전문 서적, 그리고 다른 작품을 다소 참고할 수밖에 없었다. 규현은 연기의 제왕을 일괄 구매했고 연기 신성 천시준을 선작했다. 그리고 냉장고에서 커피와 에너지 드링크를 꺼낸 뒤 정독을 시작했다.

"후우."

규현이 지친 숨결을 내뱉었다. 정독은 자정을 넘긴 시간이 돼서야 끝났다. 결론부터 이야기하자면 연기 신성 천시준에 비해 연기의 제왕이 압도적으로 재밌었다.

연기 신성 천시준도 C급의 스탯을 가진 작품 중에선 꽤 상위에 들어갈 정도의 예상 구매 수를 가지고 있었지만 연기의 제왕에 비하면 새발의 피였다. 연기의 제왕이 방금 올린 최신 편 구매수가 연기 신성 천시준의 24시간 예상 구매 수와 거의 비슷할 정도였다.

연기의 제왕과 연기 신성 천시준은 비슷했다. 둘 다 회귀와 갑질 요소가 들어가고 연기자를 소재로 한 현대 판타지였다. 다른 점이 있다면 연기 신성 천시준은 3류 연기자가 회귀하는 것이었고, 연기의 제왕은 전성기를 누렸으나, 몰락한 연기의 제왕이 회귀하여 신인 시절로 돌아가는 이야기였다.

비슷하지만 다른 두 작품. 규현은 공통점과 차이점을 철저하게 분석하기 시작했다. 늦은 시간이었지만 잠은 오지 않았다. 그는 수첩을 꺼내 두 작품을 보면서 파악한 모든 것을 적었다. 분석하는 데만 1시간이 걸렸고 규현은 적은 것을 비교했다. 그러면서 문서 작성 프로그램을 켜고 기본적인 세계관과 설정을 짰다.

배경이 현대였기 때문에 세계관과 설정을 짜는 데 많은 시간이 걸리지 않았다. 세계관과 설정을 짜는 작업이 끝났으니, 이제 시놉시스를 쓸 차례였다. 세계관과 설정을 짜는 것에 비해 힘든 일이었지만 시간이 조금 지나자 기본적인 스토리 라인을 완성할 수 있었다. 거기에 살을 조금 붙이니 하나의 소설이 완성되었다.

제목은 '그 남자의 할리우드 이야기'로 한국에서는 인기가 있었으나, 할리우드에 입성한 후 인기 없는 조연만 맡아오던 남자가 회귀하여 신인 시절부터 다시 시작한다는 내용이었다.작품 구상을 끝낸 규현은 비밀글로 프롤로그를 올리고 스탯을 확인했다.

[그 남자의 할리우드 이야기]
분류: 현대 판타지.
종합 등급: C.

30일 뒤 예상 24시간 구매 수: 약 600.

결과는 만족스럽지 않았다. 등급은 C급이었고, 예상 구매 수도 연기 신성 천시준에 비해 부족했다. 혹시나 싶어서 화상의 작품 스탯을 재확인했지만 오히려 예상 구매 수가 조금 더 상승해 있었다. 그 모습에 규현은 이를 살짝 악물었다.

'조사가 더 필요하다.'

규현은 그렇게 생각하며 인터넷을 더욱 이 잡듯 뒤지기 시작했다. 그는 다음 날 아침이 될 때까지 인터넷을 검색하여 연기자에 대한 모든 것을 조사했다. 책상 위에는 빈 캔이 가득했다. 규현은 몸을 지배하기 시작하는 지독한 피로감을 느꼈으나 아직 잠을 잘 순 없었다.

'프롤로그도 고치자.'

규현은 우선 프롤로그가 거슬렸다. 프롤로그는 명성을 얻지 못한 신인 연기자인 주인공의 생활을 묘사하고 있었는데, 막노동을 하는 장면이 나온다. 규현은 막노동 장면의 묘사가 상당히 작위적이고 생동감 있지 않다고 생각했다. 뜯어고쳐야만 했다. 그렇다면 어떻게 고칠 것인가?

'현실감 있게 고치자.'

규현의 눈동자가 책상 구석으로 향했다. 그곳에는 돈 벌기 힘들었던 과거에 막노동을 생각하며 받아둔 인력 사무소의 명함이 아무렇게나 놓여 있었다. 규현은 그것을 집어 들었다.

"좋은 작품을 위해서다."

스스로에게 최면을 걸 듯 중얼거린 규현은 간단하게 옷을 챙겨 입고 밖으로 나섰다.

이른 시간, 규현은 인력 사무소를 찾았지만 기다리고 있는 사람들은 많았다. 인력 사무소의 문이 열리고 기다리고 있던 사람들 중 경력이 있는 사람들을 위주로 해서 10명이 뽑혀 현장으로 이동했다. 규현은 11번째로 아슬아슬하게 뽑히지 못했기 때문에 의자에 앉아 기다렸다.

"정규현 씨?"

"네."

그만두고 가는 게 좋을지도 모르겠다는 생각이 드는 순간, 인력 사무소 직원이 규현을 찾았다. 규현은 대답과 함께 의자에서 일어나 직원이 있는 곳으로 향했다. 그는 규현의 위아래를 훑어보더니 입을 열었다.

"안전화 같은 것도 안 챙겨 오셨고, 기초 안전 교육도 안 받으셨네요. 말 그대로 몸만 오셨네요"

"신분증은 들고 왔어요."

"아, 예."

직원은 대충 대답하더니 컴퓨터로 시선을 옮겼다. 마우스 클릭하는 소리가 몇 번 들렸고 직원이 다시 입을 열었다.

"이런 경우는 일 구하는 게 쉽지 않은데, 운이 좋으시네요. 이삿짐 옮기는 일이 하나 있어요. 하실 거죠?"

"네."

직원의 물음에 규현이 고개를 끄덕이며 대답했다. 흔히 말하는 공사장 일을 해보고 싶었지만 준비해 온 게 없었으니, 어쩔 수 없었다. 새삼스럽게 규현은 자신이 막노동 세계에 대해 잘 알지 못하고 있었다는 것을 깨달았다. 이렇게 하나도 모르는 세계를 글로 담아내려 했으니 마음에 들지 않을 수밖에 없었다.

"연락할 테니까, 바로 가시면 됩니다."

"뭐, 서류 같은 건 필요 없나요?"

"다른 곳은 잘 모르겠지만 저희는 그런 거 필요 없어요."

말을 끝낸 직원은 어서 가보라고 손짓했다. 규현이 등을 돌리자 그는 다음 사람의 이름을 불렀다. 인력 사무소를 나온 규현은 조금 떨어진 곳에 주차한 자신의 애마에 탑승했다. 차의 시동을 걸고 운전대를 잡았다.

이삿짐센터에 도착한 규현은 건물 안으로 들어갔지만 얼마 지나지 않아서 다시 나올 수밖에 없었다. 규현을 기다리다 지친 직원들이 이미 현장으로 출발했다는 것이다. 현장

위치가 적힌 쪽지를 받은 규현은 다시 차를 타고 쪽지에 적힌 곳으로 향했다.

"강석현이 이 근처에 살고 있었던 것 같은데."

쪽지에 적힌 위치에 도착한 규현은 차를 주차하며 중얼거렸다. 과거 술에 취한 그를 택시에 태워 보낼 때 우연히 석현이 어느 곳에 사는지 들었다. 그래서 이 근처에 그가 살고 있다는 것을 알고 있었다. 다만 집을 방문하거나 위치를 물을 정도로 친한 사이가 아니었던 탓에, 정확한 집의 위치는 몰랐다.

"설마 많고 많은 날 중에 오늘 이사를 하진 않겠지."

규현은 피식 웃으며 포장 이사라고 적힌 트럭이 주차되어 있는 3층짜리 저택의 마당으로 들어갔다. 안으로 들어가니 몇 명의 직원들이 이삿짐을 옮기고 있었다. 규현은 현장에서 그나마 높아 보이는 남자에게 다가가 인력 사무소에서 왔다는 사실을 알렸다.

"후우, 엄청 힘들었는데, 지원군이네요."

그의 이름은 호준이었다. 바쁜 와중에도 설명하는 것을 좋아하는 듯한 그의 말에 의하면 오늘 알바 두 명이 나오지 못했다고 한다. 한 명은 연락 끊고 잠수를 탔고, 한 명은 전날 교통사고가 나는 바람에 입원했다는 것이다. 게다가 다른 직원들과 알바생들은 다른 이사에 투입되어 인원 부족에 시달리는 바람에 인력 사무소에 수수료를 주고 도움을 청했다는 것이다.

"바로 일 시작해 주세요. 간단합니다. 포장은 직원들이 하니까, 규현 씨는 다른 알바생들이랑 같이 포장된 짐을 트럭에 옮겨 실으면 됩니다."

"알겠습니다."

장갑을 받아 든 규현은 다른 사람들과 힘을 합쳐 짐을 옮기기 시작했다. 평소 육체적인 노동을 하지 않고 글만 써 온 몸이라 움직일 때마다 온몸이 비명을 질렀다. 특히 허리와 어깨의 부담이 상당했다.

"웃차."

규현은 다른 직원과 힘을 합쳐 꽤 고급스러워 보이는 냉장고를 들어 올렸다. 힘들게 그것을 옮겨 트럭에 실었을 때였다.

"오! 음료수다!"

누군가 반가운 목소리로 외쳤다. 그 말에 모든 직원이 잠시 쉬는 시간을 갖기로 했다. 규현도 쉴 겸 새로운 메시지를 확인하기 위해 스마트폰에서 시선을 떼지 않은 채 음료수를 받기 위해 저택 방향으로 발걸음을 옮겼다. 저택 마당에서 직원들에게 음료수를 나눠 주던 사람의 시선이 규현에게 향했다.

"너, 정규현 아니냐?"

익숙한 목소리에 규현은 스마트폰에서 시선을 떼고 고개를 들었다. 그리고 그의 표정이 급속도로 썩었다. 음료수를 나눠 주고 있던 남자는 규현이 마주치지 않았으면 하는 사람 1순위에 빛나는 하늘서고 출판사 대표의 아들 강석현이었다.

"뭐야, 결국 알바 하는 거냐?"

석현은 입꼬리를 끌어 올리며 음료수를 살랑살랑 흔들었다. 석현과 규현은 친하지 않았고 유일한 연결 고리인 현석에게 월 3,000만 원을 찍은 것을 직접적으로 언급하지 않았기 때문에 석현은 규현이 월 3,000만 원 이상을 버는 인기 작가라는 것을 알 길이 없었다. 그가 알고 있는 규현은 월 100만 원도 간신히 버는 비인기 작가였다.

"사정이 있어서 오늘 하루만 알바 하는 거야."

"그러시겠지."

석현이 빈정거렸지만 규현은 크게 기분이 나쁘지 않았다. 과거였다면 석현에게 티는 못 내도 기분이 잔뜩 상해 그날 컨디션은 바닥을 쳤을 것이다. 하지만 지금 규현은 이상할 정도로 여유가 넘쳤다.

"규현아, 진짜 힘들면 나한테 이야기해. 순수문학만 '괜찮게' 쓰면 우리 아버지한테 말해서 단편집에 한 편 정도는 실어 줄 수 있어."

석현이 말했다. 규현이 순수문학에 뜻이 없다는 것을 잘 알고 있으면서 일부러 빈정대는 것이었다.

그날 하루 종일 규현은 석현에게 시달려야만 했다. 짜증을 내지 않으려 했지만, 짜증이 나서 미칠 것 같았지만 맡은 일은 끝까지 마쳐야만 했기에 참았다. 그리고 마침내 일이 끝났다.

규현은 주차장으로 발걸음을 재촉했다. 집 앞까지만 따라가려던 석현은 규현이 유료 주차장 방향으로 발걸음을 옮기는 모습을 보고 호기심이 발동하여 그의 뒤를 밟았다. 이윽고 유료 주차장에 도착한 규현은 차 문을 열고 운전석에 탑승했다. 그 모습을 본 석현은 경악했다.

"7시리즈? 도대체 돈이 어디서 난 거야? 상당히 비싼 차인데."

석현이 기억하는 규현은 외제차는커녕 국산 차도 사지 못할 정도였다. 그런데 갑자기 외제차를 끌고 왔다? 그것도 저가의 외제차가 아니라 7시리즈다.

"도대체 어떻게 된 거지?"

석현의 의문을 뒤로한 채 규현이 탄 차량은 골목을 벗어났다.

주차장에 차를 주차한 규현은 신경질적으로 차 문을 닫고는 계단을 쿵쿵거리며 올라가 집 문을 열고 들어갔다.

"정말 미쳐 버리는 줄 알았네."

집으로 돌아온 규현은 신경질적으로 침대에 몸을 던지며 속으로 욕설을 내뱉었지만 기분은 나아지지 않았다. 정말 짜증 나서 미칠 지경이었다.

그는 기분이 나쁘지 않다고 스스로에게 최면을 걸고 있었지만 사실 석현을 보는 순간, 기분이 많이 상했던 모양이었다. 동창회에서는 물론이고 가끔 만날 때마다 석현은 규현에게 좋은 기억을 남겨주지 않았다.

장르 소설을 쓰는 규현과 서울의 명문대 문예창작과에서 순수문학을 공부하는 석현. 둘은 물과 기름과도 같았다.

"글이나 쓰자."

석현을 생각하니 또다시 머리가 아팠다. 규현은 마치 피난처를 찾는 것처럼 글을 쓰기 시작했다. 그는 작품 '그 남자의 할리우드 이야기'의 프롤로그를 수정했다. 말이 수정이지 사실상 전부 지웠다가 다시 쓴 것에 가까웠다. 프롤로그를 고친 뒤 규현은 그것을 읽어보았다.

고치기 전보다 훨씬 읽기 쉬웠고 생생한 느낌이 전해졌다. 규현은 비밀글로 프롤로그를 올리고 스탯을 확인했다.

[그 남자의 할리우드 이야기]

분류: 현대 판타지.

종합 등급: B.

30일 뒤 예상 24시간 구매 수: 약 3,000.

예상 구매 수는 3,000으로 종합 등급에 비해선 높다고 할 정도는 아니었지만 연기 신성 천시준을 뛰어넘기에 충분한 스탯이었다. 귀환 황제 전기에 비해 낮아서 그렇지 실제로 그렇게 낮은 스탯도 아니었다.

'우선 분량을 확보하고 기획팀장에게 연락해 봐야겠다.'

규현은 '그 남자의 할리우드 이야기'를 쓰기로 결심했다. 이 정도면 스탯이 괜찮은 편이었다. 지금 당장 더 높은 스탯의 작품을 쓸 자신이 없었다.

규현은 결심을 하는 것과 동시에 파란책의 기획팀장 조규태에게 보여주기 위한 최소한의 분량을 쌓기 위해 키보드를 두드리기 시작했다.

며칠 후 충분한 양의 분량을 확보한 규현은 오랜만에 규태에게 전화를 걸었다.

―여보세요.

스마트폰에서 규태의 목소리가 들려온다. 규현이 천천히 입을 열었다.

"안녕하세요, 팀장님. 지금 통화 가능하세요?"

―예, 가능합니다. 작가님, 오랜만에 전화하셨네요.

규태가 반가운 목소리로 대답했다.

"네. 그동안 조금 정신이 없어서요."

―하하하. 충분히 그러실 만도 하지요. 그런데 무슨 일이신가요? 담당 편집자 관련 문제인가요?

"아뇨. 담당 편집자님 문제는 아닙니다."

규현은 상대방이 앞에 있는 것도 아닌데 고개를 저으며 말했다. 담당 편집자 창석은 마음에 들었다. 교정 및 교열 능력도 우수했고, 가끔 전화를 걸어서 스토리 상담을 부탁해도 바쁘지 않으면 받아주는 친절한 편집자였다.

―그것도 아니면 혹시 차기작 관련입니까?

규태가 말했다. 팀장답게 눈치가 빨랐다.

"네. 맞습니다."

―지금 쓰고 계신 건가요?

"네. 보내 드릴까요?"

규현은 그렇게 말하며 메일을 보낼 준비를 끝마쳤다.

―저희야 작가님 작품이면 무조건 오케이지만 보내주시면 감사하죠.

"지금 보내 드리겠습니다."

규현은 파일을 업로드하고 발송을 클릭했다. 짧은 로딩이 끝나고 메일이 발송되었다.

─확인했습니다. 읽어보고 나중에 연락드릴게요. 다음에
식사 같이하시죠.

"기대하고 있겠습니다. 감사합니다."

화기애애한 분위기 속에서 통화가 끝났다. 스마트폰을 책
상에 내려놓기 무섭게 스마트폰이 알림음을 내뱉었다. 다시
들어 올려 확인해 보니 복학 신청 기간을 알리는 메시지가
도착해 있었다. 메시지를 확인한 규현은 복학 신청 기간이
얼마 남지 않았다는 것을 뒤늦게 깨달았다.

"귀찮게 되었네."

이번에는 꼭 복학을 해야 했기 때문에 규현은 의미심장한
눈으로 스마트폰을 주시했다.

*　　　　*　　　　*

며칠의 시간이 지났다. 규현은 미루어 놓았던 복학 신청을
했다. 그리고 상현과 조식, 현지와 이름도 기억나지 않는 동
아리 회원 2명을 만나 간단하게 저녁을 먹었다. 모임을 끝내
고 집으로 돌아온 규현이 간단하게 샤워를 하고 나올 때였
다. 벨소리가 울렸다. 스마트폰을 찾아 확인하니 규태였다.

"여보세요."

―작가님? 조규태입니다. 통화 가능하세요?

규태는 조금 들떠 있었다.

"예. 말씀하세요."

―보내주신 작품, 상당히 재밌었습니다. 바로 계약하죠.

"메일 확인하셨으면 아시겠지만, 그거 상당히 짧아요. 길게 쓸 건 아닙니다."

규현은 다시 한번 확인을 했다. 뛰어난 작가이거나 다작에 특화된 작가가 아닌 이상에야 다작을 하게 되면 전체적인 퀄리티가 조금 떨어질 수밖에 없다. 규현은 기사 이야기의 퀄리티를 유지하고 싶었기 때문에 그 남자의 할리우드 이야기를 길게 쓰고 싶지 않았다. 5권에서 6권 완결로 생각하고 있었다. 그래서 메일에 미리 5권에서 6권 완결을 생각하고 있다고 적어 보냈었다. 규태도 아마 확인했을 것이다.

―억지로 내용을 늘리는 것보단 알차게 가는 게 좋죠. 저희는 계약할 의사가 있습니다.

규태의 말에 규현은 입가에 미소를 지었다. 문학 왕국의 배너를 꽤 많이 점유하고 있는 파란책에서 홍보와 프로모션 등을 진행해 주면 더욱 많은 인기를 끌 수 있을 것이다.

―내일 시간 되시면 제가 찾아가겠습니다.

"좋습니다. 내일 뵙죠."

통화가 끝났다. 술에 취한 상태였던 규현은 금방 잠의 초대에 응했다. 그리고 다음 날, 규현은 규태를 만나 그 남자의 할리우드 이야기를 계약했다. 선인세는 역시 1,000만 원을 불렀고 규태도 흔쾌히 고개를 끄덕였다.

일은 일사천리로 진행되었다. 파란책에선 곧바로 표지 제작에 들어갔고 집에 도착한 규현은 문학 왕국에 접속하여 그 남자의 할리우드 이야기의 비밀글을 해제하고 1편을 올렸다. 규현은 자리에서 떠나지 않고 앉아서 간단한 게임을 즐기며 댓글을 확인했다. 1시간 만에 댓글이 3개 달렸다.

아저씨들: 기사 이야기 작가님의 신작! 기대됩니다!

느긋한 기다림: 믿고 보는 수호자 작가님!

퐁샵: 너무 흔한 소재네요. 보고 따라 한 거 아니죠? 그리고 주인공이 막노동이라니, 너무 뻔한 거 아닙니까? 완전 널리고 널린 소재 재활용해서 갖다 붙였네.

규현은 눈동자를 빠르게 움직여 댓글을 확인했다. 2개의 댓글은 상당히 우호적이었지만 나머지 하나는 노골적인 적의가 느껴졌다.

"살짝 짜증 나네."

짜증이 났지만 어쩌겠는가? 밝게 빛나면 빛날수록 날벌레가 꼬이는 법이다. 규현은 그렇게 생각하기로 했다.

강석현.

그의 아버지는 출판사인 하늘서고의 사장으로 하늘서고 신인 문학상은 문단에서 권위 높은 상으로 유명했다. 그리고 그의 조부 또한 한국에서 알아주는 시인이었다. 그야말로 순수문학을 위한 집안. 그런 집안에서 태어난 석현 또한 문예창작과에 진학하여 순수문학의 길을 걷고 있었다.

서울 명문대 문예창작과에 재학 중인 그는 다른 사람들이 보기에도 엘리트였고 실제로도 성적이 좋았으며 어린 시절부터 각종 공모전을 휩쓴 다크호스였다. 하지만 그런 그에게도 치명적인 단점이 하나 있었다. 순수문학을 배운다는 것에 대한 자부심이 너무 심한 것이었다.

그는 순수문학이 평범한 사람은 배울 수 없는 고귀한 문학이라고 생각하고 있었다. 그러다 보니 자연스럽게 다른 판타지나 SF와 같은 장르 소설계에서 일하는 사람들을 깔보고 있었다. 특히 그는 규현을 많이 깔보고 있었다. 장르 소설을 쓰면서 돈도 제대로 벌지 못하는 규현을 모욕할 때마다 석현은 자신이 살아 있다는 것을 느꼈다. 그래서 일부러 규현을 찾아다니며 놀리기도 했다.

"후우."

캔 커피를 들고 3층에 위치한 자신의 방에 들어간 석현은 의자에 앉아 얼마 전 있었던 일을 회상했다. 얼마 전, 이삿짐을 옮기는 날 석현은 규현을 만났었다. 이삿짐을 옮기는 규현의 모습을 본 석현은 그를 모욕할 생각에 기분이 좋아졌으나, 외제차를 타고 골목을 벗어나는 그 모습을 보았을 땐 김이 팍 새는 기분이었다.

"이삿짐 알바를 하러 온 놈이 7시리즈를 몰고 다녀? 이게 말이 되는 건가?"

규현은 리얼리티 한 소설을 쓰기 위해 이삿짐 알바를 체험했던 것이지만 석현이 그것을 알 길은 없었다. 그래서 그는 의문을 가질 수밖에 없었다.

"대출이라도 받았나?"

석현의 머리로 할 수 있는 추측은 대출이 한계였다. 하지만 생각해 보니 평소 규현의 신용이라면 대출을 받아도 7시리즈를 구입할 돈은 마련되지 않을 것 같았다.

"설마 작품이 대박 난 건가?"

그건 석현이 제일 바라지 않는 경우였다. 규현의 작품이 대박 나서 그가 돈을 많이 번다면 더 이상 금전적인 것으로 그를 모욕할 수 없어진다. 삭막한 세상에서 석현의 취미 생활이 하나 사라지게 되는 것이다.

석현은 캔 커피를 비우고 빈 캔을 휴지통에 신경질적으로 던져 넣으며 등받이에 몸을 기대고 한참을 생각했다. 그리고 인간을 괴롭힐 장난거리를 떠올린 작은 악마와 같은 표정을 지으며 입을 열었다.

"그래. 돈 말고도 괴롭히는 방법은 많지."

석현은 그렇게 말하며 입꼬리를 끌어 올렸다. 대한민국 순수문학계를 뒤흔들 거대한 폭풍을, 석현이 지금 소환하려고 하고 있었다.

*　　　　*　　　　*

2월이 되었다. 석현이 음모를 꾸미고 있는 줄은 꿈에도 모른 채 규현은 개강을 앞두고 바쁘게 움직이고 있었다. 개강하면 글을 쓸 시간이 줄어들기 때문에 두 작품을 쓰는 규현은 미리 비축분을 만들어둘 필요가 있었다.

며칠이 지나고 비축분도 어느 정도 쌓이자 규현은 그 남자의 할리우드 이야기의 1권 분량을 연재했다. 선호작도 5,500으로 이정도면 충분히 확보했다고 생각한 규현은 담당 편집자인 창석과 간단한 논의를 거친 끝에 바로 유료 연재로 전환해 버렸다.

창석은 조금 더 선작을 확보한 뒤에 유료 연재로 전환할 것을 조언했지만 규현이 그 남자의 할리우드 이야기를 쓴 이유는 돈 때문이 아니었기 때문에 유료 연재 전환을 감행했다. 이미 연기 신성 천시준은 유료로 전환하여 연재를 이어 가고 있었다.

  김 자객: 이건 누가 먼저 표절한 거야?
  아저씨들: 표절이라니요. 이 동네 소재 겹치는 거 한두 번인 가요? 말조심하세요.
  백시광: 싸움이다! 아무나 이겨라!

  비슷한 시기에, 비슷한 소재의 두 작품이 유료 연재로 전환되자 문학 왕국 커뮤니티는 뜨겁게 불타올랐다.
  사이트에서는 표절을 언급하는 독자도 있었지만 규현의 편을 드는 독자들의 수도 적지 않았다. 게다가 장르 소설계가 원래 소재가 겹치는 경우가 많기 때문에, 그들도 무슨 트집을 잡지 못했다. 게다가 연기 신성 천시준 같은 경우엔 인기가 많이 없는 작품이었기 때문에 편을 들어줄 독자들의 수가 많지 않았다.
  "구매 수는 확실히 차이가 나는군."
  규현은 두 작품의 최신화 구매 수를 비교해 보았다. 5배 정도 차이가 났다. 물론 그 남자의 할리우드 이야기가 압도적으로 많은 구매 수를 자랑했다. 연기 신성 천시준 같은 경우엔 그의 할리우드 이야기가 유료로 전환되면서 구매 수가 대폭 하락한 모습을 보였다.

게다가 기사 이야기 독자들 중에서 규현의 광팬으로 전직한 소수의 독자들이 그 남자의 할리우드 이야기에 댓글을 단 것을 확인할 수 있었다.

유료 전환 하고 며칠의 시간이 흘렀다. 개강하기 전에 본가에 내려가 부모님께 옷도 사드리고, 맛있는 식사도 대접하고 돌아온 규현은 한 통의 전화를 받게 되었다.

―여보세요? 정규현 작가님이시죠?

리디스 미디어의 편집자 주석이었다.

"네. 오랜만이네요."

반가운 인물은 아니었기 때문에 규현의 목소리는 날이 서 있었다.

―통화 가능하신가요?

"네. 가능은 합니다만, 간단하게 말씀해 주세요."

규현의 목소리에 깃든 적개심을 읽은 것인지 주석의 목소리도 조금 떨렸다. 그는 통화 가능 여부를 물었고, 규현은 속으로 한숨을 쉬며 대답했다.

―작가님과 개인적으로 만나고 싶습니다. 가능하신가요?

"바쁩니다. 지금 이야기하시죠."

주석을 만나기 싫어서 거짓말을 하는 게 아니라 진짜 바빴다. 개강이 얼마 남지 않았고 최대한 비축분을 저장해야 했기 때문에 거의 하루 종일 글만 쓰고 있었다. 주석을 만날 여유는 없었다.

─작가님은 서론이 긴 것을 싫어하시니, 바로 본론으로 들어가겠습니다. 그 남자의 할리우드 이야기 조기 완결 해주셨으면 좋겠습니다.

"하하하."

주석의 말에 규현은 소리 내서 웃었다. 주석의, 아니 리디스 미디어의 요구가 너무 어이가 없어서 웃음만 나왔다. 작가에게 있어서 조기 완결은 굴욕적인 낙인이나 다름없었다. 어느 정도 빨리 완결내는 것은 독자들도 어느 정도 이해하지만 과하면 신뢰를 잃게 된다. 그리고 그것은 차기작에도 영향을 끼친다.

"그 남자의 할리우드 이야기는 파란책과 계약된 작품입니다. 제 마음대로 결정할 수 있는 게 아닙니다."

─작가님, 작가님의 작품 연재 시기와 소재를 비교해 볼 때, 저희 화상 작가님의 작품을 저격했다고밖에 볼 수 없습니다. 저희와 싸우고 싶으신 것 같은데, 이 행동이 작가님에게 이롭다고 보십니까?

회유가 끝나니 이제 협박이었다. 규현은 입가에 미소를 머금었다.

"리디스 미디어 망하는 거 보고 싶어요?"

—그게 무슨 말씀이시죠?

"소재가 겹치는 것은 곧 소비층이 겹치는 것을 의미하죠. 저는 다른 싸움을 할 준비가 되어 있습니다."

주석은 대답이 없었다. 규현은 다시 입을 열었다.

"저는 다른 싸움을 할 준비가 되어 있습니다. 그리고 승리할 자신도 있어요."

—싸움을 하실 준비가 되어 있다니, 무슨 말씀이신가요?

주석이 물었다. 규현은 입꼬리를 끌어 올렸다.

"말 그대로입니다. 리디스 미디어의 모든 작품을 제가 견제할 순 없지만, 기대작만큼은 철저하게 박살 낼 수 있습니다. 원하신다면 연기 신성 천시준 말고 다른 작품으로 본보기를 보여 드리죠."

이제 곧 개강하기 때문에 힘들겠지만 많은 것을 포기한다면 세 작품을 연재하는 것도 불가능한 것은 아니었다. 물론 육체적으로는 상당히 피로하겠지만 기대작이 망한다면 리디스 미디어도 조금의 타격은 입을 것이다. 큰 타격을 입히는 것은 무리겠지만 말 그대로 '가벼운 복수'로는 충분했다.

—작가님, 연기 신성 천시준 하나 망한다고 저희가 망할 것 같습니까? 그런 고만고만한 작품은 저희도 여러 개 있습니다. 지금 작가님의 존재는 저희에게 있어서 사소한 걸림돌에 불과합니다.

연기 신성 천시준은 대단한 작품도 아니었다. 그 정도의 작품은 리디스 미디어가 언제든지 확보할 수 있었다. 그리고 규현이 소재 겹치기로 복수를 한다고는 하지만 개인이 할 수 있는 데는 한계가 있었다. 리디스 미디어에게 있어서 규현의 존재는 정말 사소한 걸림돌에 불과했다.

"지금은 하나 또는 두 작품 정도가 한계겠죠. 하지만 언젠가는 리디스 미디어가 문학 왕국에 내보내는 모든 작품을 공격할 것입니다."

―파란책의 뜻입니까?

주석의 목소리가 심각해졌다. 리디스 미디어가 문학 왕국에 내보내는 모든 작품을 공격하는 것은 작가 한 명이 할 수 있는 일이 아니었다. 최소 3명 이상의 작가가 필요했다. 그리고 그것은 개인의 범주를 넘어서는 일이 된다. 그렇기 때문에 주석은 설마 파란책이 이런 미친 생각을 한 것인가 하고 생각했지만.

"아뇨. 그것은 아닙니다."

그것은 규현이 부정했다.

―그렇다면 무엇입니까?

"때가 되면 알게 될 겁니다."

*　　　　*　　　　*

규현과 통화를 한 주석은 통화 내용을 기획팀장 조찬호에게 보고했다.

"정규현 작가가 그렇게 말했다고?"

찬호는 다시 한번 주석에게 확인했다. 주석은 고개를 끄덕였다. 찬호는 의자 등받이에 몸을 기대며 입을 열었다.

"조금 귀찮게 되었군. 파란책이랑 이야기를 해봐야 하나."

파란책과 규현이 합의를 한다면 5권 이하에서 조기 완결을 할 수도 있었다. 당연히 규현은 합의를 하지 않겠지만 파란책과 리디스 미디어가 합의를 한다면 파란책도 규현에게 조기 완결을 하라고 압박을 가할 것이다.

"굳이 그렇게까지 할 필요가 있을까요? 연기 신성 천시준은 그렇게 인기를 끄는 작품도 아니지 않습니까?"

주석이 물었다. 그가 생각할 때 이상진 작가의 작품이라면 몰라도 연기 신성 천시준은 이런 노력을 기울일 만한 작품이 아니었다.

"우리가 문학 왕국에 진출시킨 작품은 이상진 작가의 것을 제외하면 거의 없어. 최대한 많은 작품을 진출시켜야 다른 작가들을 포섭할 때 유리해."

보통 문학 왕국에서 작가에게 계약 제의 쪽지를 보낼 때 출판사 또는 매니지먼트들은 소속 작가들의 작품을 함께 기재하는 경우가 많았고, 계약 제의 쪽지를 2통 이상 받은 작가들은 기재된 작품 목록을 확인하고 계약할 곳을 선택하는 경우가 많았다.

리디스 미디어 같은 경우엔 다른 출판사들에 비해 문학 왕국에 늦게 진출했기 때문에 이상진 작가를 제외하면 리디스 미디어와 계약하고 문학 왕국에 연재 중인 작가들이 거의 없었다. 이상진 작가의 리턴 황제 폐하도 얼마 전에 11권으로 완결을 냈기 때문에 현재 문학 왕국에서 리디스 미디어의 로고를 단 인기작은 사실상 없다고 봐도 좋을 정도였다.

"아무튼, 조규태 팀장한테는 내가 전화해 볼 테니까. 이만 나가 봐."

"예."

주석이 나가고 찬호는 스마트폰을 들어 올렸다. 그는 스마트폰을 뒤져 규태의 전화번호를 찾아냈다.

"후우!"

찬호는 심호흡을 한 뒤 통화 버튼을 눌렀다.

─여보세요.

규태가 전화를 받았다.

"통화 가능하세요?"

─네. 가능합니다. 무슨 일이시죠?

"요즘 기사 이야기가 아주 잘나간다고 들었습니다. 축하드립니다."

통화 가능하다는 규태의 말에 찬호는 가볍게 기사 이야기를 꺼내는 것으로 말문을 열었다.

―예. 덕분에요.

"최근 수호자 작가님이 신작을 연재하고 계시는 거 아시죠?"

―당연히 알고 있죠.

찬호의 말에 규태가 대답했다. 당연히 알고 있을 수밖에. 이미 계약했으니까.

"하긴 당연히 알고 계시겠죠. 계약하셨으니까요."

얼마 전 그 남자의 할리우드 이야기의 표지가 나왔고 그곳에 파란책의 로고가 있었다. 그래서 찬호는 계약을 확신할 수 있었다. 규태의 대답이 없자 찬호는 입을 열었다.

"장르 소설계가 좁은 건 아시죠? 원만하게 해결했으면 좋겠습니다."

―무슨 말씀을 하시는 것인지 잘 모르겠네요.

"그 남자의 할리우드 이야기, 조기 완결 부탁드립니다. 그냥 해달라는 거 아닙⋯⋯."

―그만.

규태는 찬호의 말을 잘랐다. 한참 말을 이어가던 찬호는 규태의 날카로운 목소리에 깜짝 놀라 입을 다물었다.

—상당히 불쾌하네요. 당신이 뭔데 우리 출판사 일에 개입하는 겁니까? 우리가 리디스 미디어 하부 조직이라도 되는 것 같아요?

　규태의 반응은 격렬했고 그 기세에 눌려 찬호도 쉽게 입을 열지 못했다. 규태의 반응은 충분히 이해가 가는 상황이었다. 파란책과 리디스 미디어는 엄연히 다른 회사였다. 파란책이 리디스 미디어에 개입할 수 없는 만큼, 리디스 미디어도 파란책의 일에 관여할 수 없었다.

　"개입이라뇨. 거래입니다, 거래."

　—거래… 말씀이십니까?

　"그렇습니다. 저희도 파란책의 편의를 봐드리도록 하겠습니다."

　찬호는 희미한 미소를 머금은 채 말했다.

　—죄송하지만 저희는 소속 작가들을 가지고 그런 이상한 짓 하지 않습니다.

　하지만 규태는 철벽같았다. 찬호의 입가에서 미소가 사라졌다. 그는 이를 악물었다. 파란책이 소속 작가들을 아낀다는 말을 들었지만 이 정도일 줄은 몰랐다. 찬호는 애써 정신을 수습하고 입을 열었다.

　"팀장님도 두 회사가 껄끄러워지는 거 싫잖아요."

　연기 신성 천시준은 대단한 작품이 아니었지만 이 작품을 포기하고 규현이 날뛰게 내버려 둔다면 문학 왕국의 다음 기대작이 막힐 우려가 있었다. 찬호가 보기에 규현은 진심이었고, 최근 그의 작품을 볼 때, 그는 충분히 그럴 능력이 있었다. 주석은 규현을 작은 걸림돌로 보고 있었지만 찬호는 규현을 보다 큰 걸림돌로 보고 있었다.

─저는 누구처럼 황금 알을 낳는 거위의 배를 째는 어리석은 짓은 하지 않습니다.

규태의 말이 날카로운 칼날이 되어 찬호의 심장을 찔렀다.

"수호자 작가님, 요즘 다작하시던데, 할 만하신가요?"

규현은 오랜만에 작가 모임 '만년필'에 참석했다. 던전 왕국의 작가 매그라는 규현이 다작을 한다는 것을 알고 질문했다. 커피를 마시고 있던 규현은 컵을 테이블 위에 내려놓으며 입을 열었다.

"네. 할 만하네요."

"작가님, 제가 괜히 참견하는 것일 수도 있지만 기사 이야기 정말 재밌거든요. 조금만 더 신경 쓰시면 티미 작가를 제칠 수도 있을 것 같은데 말이죠."

옆에서 듣고 있던 칠흑팔검이 말했다. 어쩌면 그의 말대로 기사 이야기가 조금만 더 올라간다면 문학 왕국에서 제국 방어기의 작가 티미를 제칠 수 있을지도 몰랐다. 부동의 1위를 유지하고 있는 작가 티미. 그를 밟고 올라선다는 것은 엄청난 영광이었고 규현도 욕심이 났으나, 지금은 '가벼운 복수'를 우선으로 하고 있었다.

"높게 평가해 주셔서 감사합니다. 그 남자의 할리우드 이야기가 완결나면 전력을 다해 써볼게요."

규현은 칠흑팔검을 보며 고개를 살짝 숙였다.

"티미 작가가 1위 뺏겨서 문학 왕국 커뮤니티에서 난동 부리는 모습을 보고 싶었는데, 안타깝네요."

칼날이 분열되어 폭풍을 일으키는 기묘한 검을 지닌 검객의 이야기를 다룬 붉은 칼날의 폭풍을 문학 왕국에서 연재 중인 dre가 아쉬운 목소리로 말했다. 그는 티미와 별로 사이가 좋지 않은 것 같았다. 아니, 사실 티미는 문학 왕국의 작가 대부분과 사이가 좋지 않았다.

"1위를 뺏기면 분명 난동을 부릴 겁니다. 저도 그 모습 보고 싶군요."

커피가 담긴 컵을 입가로 가져가며 매그라가 말했다. dre도 다시 입을 열었다.

"맞아요. 그놈 성격에 1위를 뺏기면 가만히 있을 리가 없죠?"

"그놈 아닌데요."

"예?"

dre의 말을 매그라가 부정했다. 갑작스러운 매그라의 반응에 dre는 무슨 뜻인지 모르겠다는 표정을 지었다.

"그러니까, 놈이 아니에요. 티미 작가, 여자거든요."

"예?"

"그 말 사실입니까?"

dre는 깜짝 놀라 말을 잇지 못했고, 가만히 듣고 있던 실버우드도 놀란 얼굴로 사실이냐고 물었다. 매그라는 고개를 끄덕였다.

"여자 맞아요. 본명은 모르겠는데, 여자였어요. 그것도 아주 예뻐요."

"그 성격에, 그 성별이 여자라는 말씀이신가요?"

규현도 다소 충격을 받은 얼굴로 말했다. 티미가 여자라니, 도저히 상상이 가지 않았다. 그 착 달라붙는 욕설과 시비 걸기 좋아하는 성격은 도저히 여자가 할 수 있는 게 아니었다.

"네. 맞습니다."

"여러분, 인터넷이 이렇게 해롭습니다. 우리는 인터넷을 줄여야 해요."

매그라가 긍정했고 dre가 한탄했다. 매그라는 티미와 직접 만난 적이 있으니까 확실한 정보일 것이다.

"놀랍군요. 그나저나 칠흑팔검 작가님, 완결 축하드립니다."

규현이 화제를 바꿨다. 티미의 성별이 밝혀진 것은 분명 흥미로운 일이었으나, 계속 이야기할 정도로 흥미롭지는 않았다.

"저도 축하드려요."

"진즉에 축하드렸어야 하는 건데, 늦어서 죄송합니다."

매그라와 실버우드 등도 칠흑팔검의 완결을 축하했다. 칠흑팔검이 문학 왕국에서 연재 중인 소설 칠흑검존이 얼마 전에 15권으로 완결났다. 인망이 두터운 작가답게 만년필의 작가들 모두 그에게 진심어린 축하를 건넸다.

"모두 감사합니다."

칠흑팔검은 고개를 살짝 숙이는 것이며 감사를 표했다. 15권 이상 진행된 작품을 완결내는 것은 쉬운 일이 아니었고, 흔하게 볼 수 있는 일도 아니었기 때문에 한동안 이 화제로 대화가 이어졌다.

칠흑팔검과 그의 작품 칠흑검존에 대한 이야기를 나누던 그들은 30분 정도의 시간이 지나자 독자에 대한 것으로 화제를 바꿨다. 바로 가장 짜증 났던 독자에 대한 뒷담화였다. 실버우드가 먼저 화제를 열었고, 매그라가 때를 기다리고 있던 굶주린 늑대처럼 신나게 독자들을 물어뜯었다.

매그라는 광신도에 가까운 독자들도 많았지만 히로인이었던 실비아를 작품 내에서 잔혹하게 죽인 탓에 그를 좋지 않게 보는 독자들도 많았다. 그래서 쌓여 있던 것이 많은 모양이었다.

"후우, 조금 시원하군요. 크큭."

한참을 떠들어댄 그는 사악한 웃음을 흘리며 만족했다. 그의 시선이 규현에게 향했다.

"수호자 작가님은 짜증 나는 독자 없으세요?"

"퐁삽이라는 독자가 있습니다. 그 독자가 제게 계속 극딜을 넣네요."

매그라의 물음에 규현이 대답했다. 곁에서 듣고 있던 dre가 입을 열었다.

"퐁삽 그 사람, 저한테도 댓글 달았어요. 아마 문학 왕국의 인기 작가 대부분이 퐁삽의 댓글을 받아봤을 겁니다. 미터기 뚫는 극딜로 아주 유명하죠."

미터기를 뚫는 극딜이란 한계를 초월하는 강력한 공격을 의미했다. dre의 말을 들어보니 퐁삽이라는 독자는 작가들을 공격하는 낙으로 사는 것 같았다. 흔히들 말하는 인터넷에 존재한다는 키보드의 전사가 분명했다.

"너무 신경 쓰지 마세요. 댓글은 신경 안 쓰는 게 정신 건강에 좋습니다."

칠흑팔검이 조언했다.

"조언, 감사합니다."

규현은 감사를 표하며 컵을 입가로 가져갔다. 커피는 없었고 얼음만 달그락거리는 소리를 냈다.

"다들 커피도 다 마신 것 같고, 시간도 오래 지났으니 이만 해산할까요?"

"그럽시다."

"네, 그렇게 하죠."

칠흑팔검의 해산 제안에 모두가 동의했다. 그들은 서로 간단한 작별을 고한 뒤, 카페를 나와 흩어졌다.

* * *

규현은 문학 왕국에 접속해서 화상 작가의 연기 신성 천시준을 확인했다. 구매 수는 100에 한참 못 미치는 수치였고 선작 수치도 상당히 많이 내려가 있었다.

[연재 주기를 월, 수, 금으로 변경합니다.]

연재 주기를 주 3회로 바꾼다는 공지까지 등록되어 있었다. 그 모습에 규현은 입가에 미소를 머금었다. 작품이 망하는 것엔 3단계가 있다.

1단계로 선작과 구매 수가 폭락한다. 2단계로 수입이 상당히 많이 줄어들게 되면서 작가는 의욕을 잃고 일일 연재에서 주 3회나 주 4회 연재로 주기를 변경하게 된다. 3단계로 결국 멘탈에 치명적인 손상을 입고 연중이나 말도 안 되는 조기 완결을 내버린다. 벌써 연기 신성 천시준은 2단계에 돌입한 것이다.

'내 작품이나 확인해 볼까.'

만족스러운 결과를 확인한 규현은 그 남자의 할리우드 이야기에 달린 댓글을 확인하기 위해 마우스를 움직였다.

풍삽: 결국 자라나는 새싹을 짓밟으셨군요, 잔인한 사람. 인성이 아주 작가하기에 좋습니다!

아저씨들: 연참해 주세요!

블랙: 연기 신성 천시준보다가 이게 더 재밌어서 갈아탔습니다! 그러니 작가님은 연참을 하시오!

"연참? 원한다면 해주지."

오늘은 기분이 좋았다. 규현은 그동안 쌓아온 비축분의 봉인을 해제했다.

블랙: 3연참? 작가님이 미쳐 날뛰고 있습니다!

오크아이: 방금 들어왔는데, 개꿀!

포드카: 작가님 사랑해요!

　댓글 반응을 보는 규현의 입꼬리가 귀에 걸렸다. 댓글 확인을 끝낸 그는 비축분 보충을 위해 문서 작성 프로그램을 켜고 바쁘게 키보드를 두드리기 시작했다.

7장

계획

규현은 외출 준비를 서둘렀다. 백화점에서 구입한 세미 정장을 입고 차 키를 챙겼다. 준비를 끝낸 규현은 주차장으로 내려가 차에 탑승했다. 운전대를 잡은 그는 익숙한 도로로 차를 몰았다. 규현이 탑승한 차가 향하는 곳은 한국대학교였다.

휴학하기 전, 한창 학교를 다닐 때는 지하철을 주로 이용했기 때문에 내비게이션을 이용해야만 했다. 내비게이션의 도움을 받아 한국대학교 C동 앞에 주차를 한 규현은 차에서 천천히 내렸다.

고급스러운 세미 정장과 잘 빠진 외제차를 본 몇 명의 학생들이 부러운 눈길을 주는 것이 느껴졌다. 그들의 시선에 규현은 입가에 미소를 머금은 채 체육관으로 향했다. 오늘은 한국대학교 졸업식이 있는 날이었다. 동아리 회장인 상현과 어렸을 때부터 친구였던 현석이 졸업하기 때문에 오랜만에 학교에 찾아온 것이었다.

"이런! 꽃을 안 사왔네."

체육관을 향해 부지런히 발걸음을 옮기던 규현은 뒤늦게 꽃을 사오지 않았다는 것을 깨달았으나 스마트폰을 확인해 보니 꽃을 사러 갔다 오기엔 시간이 부족했다.

"그냥 가자."

규현은 혼잣말을 중얼거리며 발걸음을 재촉했다. 상현이나 현석이나 졸업식에 꽃을 사 오지 않았다고 해서 서운해할 남자들은 아니었다. 이윽고 체육관에 도착한 규현은 비어 있는 의자에 앉았다.

그가 의자에 앉자 얼마 지나지 않아서 졸업식이 시작되었다. 지루한 차례가 연이어 지나가고 마침내 졸업식이 끝났을 때 규현은 현석의 모습을 먼저 찾을 수 있었다. 약간 내성적인 성격 탓에 사람을 잘 사귀지 못하는 그의 주변에는 아무도 없었고 현석은 쓸쓸한 표정으로 체육관을 나가려고 하고 있었다.

"야! 김현석!"

규현은 큰 소리로 현석을 불렀다. 현석의 시선이 규현에게 향했다. 규현을 발견한 현석은 입가에 미소를 머금었다. 그는 천천히 규현과의 거리를 좁혔다.

"나 보러 온 거야?"

"아니, 상현이 보러 왔어. 너는 보너스야."

규현은 짓궂게 말했으나 그의 속뜻을 아는 현석은 불쾌한 기색 없이 피식 웃었다.

"졸업 축하한다."

"고마워."

현석은 고맙다고 말하며 미소를 지었다. 규현도 그를 보며 미소를 지었다.

"아, 참. 석현이가 너에 대해서 몇 가지 물어보더라."

"그래서 뭐라고 했는데?"

"솔직하게 말했지."

"하, 그렇구만."

현석의 대답에 규현은 작게 한숨을 내뱉었다. 예상했던 대답이었다. 현석은 순진한 면이 있었기 때문에 거짓말을 잘하는 편은 아니었다. 분명 석현은 집요하게 물었을 것이고 현석은 버티지 못했을 것이다.

"미안하다."

"아니야, 괜찮아."

사과하는 현석을 보며 규현은 괜찮다고 말했다. 현석과 몇 마디 이야기를 더 나눈 뒤 규현은 상현을 찾아다니기 시작했다. 그는 곧 경영학과 학생들이 모여 있는 곳을 찾아낼 수 있었고 그곳으로 이동했다.

상현은 경영학과였기 때문에 경영학과 학생들이 모여 있는 곳에 있을 확률이 매우 높았다.

"형, 졸업 축하드려요."

"하하하, 고마워."

경영학과 학생들이 모여 있는 곳에 도착한 규현은 상현을 발견할 수 있었다. 그는 후배들의 중심에서 졸업 축하 인사를 받고 있었다.

"형!"

규현이 거리를 좁히자 그를 발견한 상현이 반갑게 손을 흔들었다. 규현도 손을 들어 답했다. 두 사람은 사람이 적은 구석으로 이동했고 규현이 먼저 입을 열었다.

"졸업 축하한다."

"하하하. 감사합니다."

상현은 기분이 좋은지 환한 얼굴로 웃었다.

"졸업했으니 이제 뭐 할 거야?"

아무런 걱정 없이 환하게 웃고 있는 상현을 향해 규현이 물었다. 그의 질문은 날카로운 비수가 돼서 상현의 가슴을 찔렀다.

갑작스러운 공격(?)에 상현의 표정이 흔들렸다. 보통 한국 대학교의 경영학과 4학년들은 대부분 졸업하기 전에 취직을 하는데, 상현은 글만 쓰느라 취업 준비를 제대로 하지 못했었다.

"형, 너무해요."

상현이 눈물을 닦는 시늉을 하며 말했다. 그 모습을 보며 규현이 입을 열었다.

"할 거 없으면 1년만 기다려. 내가 너 데려갈 테니까."

규현은 개인적으로 계획하고 있는 일이 있었다. 리디스 미디어에 복수하고 판타지 제국이 자신을 버렸던 것을 후회하게 만드는 것. 그런데 그러기 위해선 개인의 힘으로는 힘들다는 것을 규현은 잘 알고 있었다. 그래서 그는 결심했다. 자신만의 세력을 만들기로, 그리고 그 세력을 만들기 위해선 많은 사람들이 필요했다.

규현은 벌써 몇 명의 사람을 눈여겨보고 있는 상태였는데, 그중 한 명이 상현이었다.

상현은 성격도 좋고 경영학을 전공했기 때문에 실무를 맡길 수 있었다. 그리고 작가 스탯이 C급으로 개발한다면 그럭저럭 괜찮은 작품을 낼 수 있기 때문에 그를 확보한다면 규현은 보다 수월하게 복수를 진행할 수 있을 것이다.

"회사라도 차리시려고요?"

상현이 설마 하는 심정으로 물었다. 규현은 미소를 지었다.

"그래. 작가 매니지먼트를 차릴 생각이다."

규현의 말에 상현의 눈빛이 진지해졌다.

"농담으로 하시는 말은 아닌 것 같네요."

"물론이지. 내가 이런 걸로 농담할 사람으로 보이냐?"

규현의 말에 상현은 고개를 저었다. 상현이 알고 있는 규현은 농담을 막 던지는 사람이 아니었다.

"형은 이런 걸로 농담할 사람이 아니죠. 매니지먼트가 초기 자금이 비교적 적게 들어간다고는 하지만 서울에 사무실 하나 차리려면 자금이 어느 정도 있어야 할 텐데요."

"1년 안에 모든 준비를 끝낼 수 있어. 물론 자금 문제도."

"월 3,000만 원 찍으셨다더니, 설마 인세가 더 올라간 겁니까?"

"자세한 건 비밀이야."

규현은 미소를 지으며 대답했다.

"그런데, 매니지먼트라면 작가들을 많이 확보해야 하지 않아요? 일단 제가 들어간다고 해도 저는 인기 작가도 아니고, 성적도 형편없으니… 딱히 도움이 될 것 같진 않은데……."

상현이 말끝을 흐렸다. 그는 자신의 위치를 알고 있었다. 문학 왕국에서 그가 거둔 성적은 결코 좋다고 할 수 없는 수준이었다. 경영 마법사의 스탯도 뛰어난 편은 아니었다.

"작가 확보라면 자신 있으니까 걱정하지 말도록."

규현이 자신만만하게 말했다. 그는 작가 스탯을 볼 수 있었다. 아직 잠재력이 개발되지 않아서 인기는 없지만 작가 스탯이 높아서 장래가 빛나는 작가들에게 계약 제의를 할 생각이었다.

당장 인기가 없으면 신생 매니지먼트의 계약 제의를 받아들일 확률이 높았다.

물론 가장 안정적인 방법은 인기 작가를 확보한 상태에서 계약 제의를 여기저기 보내는 것이지만 인기 작가를 확보한다는 것은 쉬운 일이 아니었다.

"그러고 보니 현지가 문학 왕국에서 연재하고 있다고 하지 않았어? 필명이 어떻게 돼?"

규현이 물었다. 현지의 필명을 알게 되면 검색해서 작가 스탯을 확인할 생각이었다. C급 이상만 된다면 그녀를 등용할 생각이었다.

"그게, 사실은 필명을 안 가르쳐 줘요. 유명하다는 것만 알고 있어요."

"필명을 안 가르쳐 준다고?"

"예."

규현의 물음에 상현이 고개를 끄덕였다. 규현은 눈살을 찌푸렸다. 규현의 능력도 만능은 아니었다. 필명을 모르면 스탯을 확인할 방법이 없었다.

"그런데 계약은 한 것 같아요. 저번에 동아리 모임 했을 때, 전화 받으러 나간 적이 있었거든요? 중요한 이야기 중이라서 다시 부르러 갔을 때 편집자님이라고 말하는 것을 들었어요."

상현은 말을 마치며 긴 한숨을 내뱉었다.

현지가 계약을 했을 확률이 높다는 것에 부러움을 느끼고 있는 것이다.

상현은 경영학과였지만 회사에 취직하는 것엔 관심 없었다. 그의 꿈은 판타지 소설 작가였으며, 좋아하는 글을 쓰는 것이었다.

그의 심정을 어느 정도 알고 있는 규현은 말없이 상현의 어깨를 두드려 주었다.

"현지 전화번호 알고 있지?"

그때 현지와 번호 교환을 하지 않았었다.

"물론이죠. 동아리 가입 신청 받을 때, 학번, 학과, 이름, 전화번호 전부 받아놓았죠."

"전화번호, 메시지로 보내줘."

규현이 말했다. 그는 미래를 위해 현지의 필명을 알아낼 생각이었다. 그녀가 계약 중이라고 해도, 작가가 전속 계약을 맺는 경우는 없으니 차기작을 계약하면 되는 것이다.

"네."

상현은 그 자리에서 바로 스마트폰을 꺼냈다. 이윽고 현지의 전화번호가 적힌 메시지가 도착했다.

"고마워."

"다음에 술이나 한잔 사주세요!"

"그래, 알았어."

규현은 상현과 이별을 고하고 집으로 돌아왔다.

그는 상현이 보낸 메시지를 열어 현지의 전화번호를 확인하고 저장했다.

"전화를 걸어볼까."

규현은 현지에게 전화를 걸었다.

―여보세요?

현지가 전화를 받았다. 전화를 건 사람이 규현이라는 것을 아직 모르는 듯했다.

"송현지 맞지? 나 정규현인데."

―아앗!

규현이 자신의 정체(?)를 밝히자 우당탕 요란한 소리와 함께 현지가 짧은 비명을 내질렀다. 깜짝 놀라 넘어진 것이다.

규현이 먼저 전화를 걸었다는 사실에 현지는 깜짝 놀랐지만 곧바로 정신을 수습하고는 다시 스마트폰을 귓가에 가져갔다.

―규, 규현 오빠?

"그래, 오랜만이다."

규현의 기억이 틀리지 않았다면 지난번 동아리 회식을 끝으로 그녀와 만난 적이 없었다. 이유는 알 수 없었지만 송현지도 연락을 하려고 시도하지 않았고, 규현도 그러지 않았었다.

―기사 이야기 잘 읽고 있어요.

"그래? 고마워. 현지야, 내가 할 말이 있어서 그런데, 혹시 시간 되니?"

―어쩌죠? 4월 달까지는 시간이 없을 것 같아요. 정말 죄송해요!

규현의 질문에 현지는 미안한 목소리로 대답했다.

"그래? 어쩔 수 없지, 하하."

당연히 현지가 승낙할 줄 알았기 때문에 규현은 그녀의 거절에 어색한 웃음을 흘리며 전화를 끊었다.

*　　　　*　　　　*

3월 초, 규현의 복학과 함께 기사 이야기의 인기도 하늘을 찌르고 있었다.

[기사 이야기! 정통 판타지의 부활을 예고!]
[신성같이 등장한 수호자 작가, 그는 누구인가?]

장르 소설계에서 유명한 파워 블로거들은 기사 이야기에 대해 집중 조명 했다.

기사 이야기의 분량이 어느 정도 확보되면서 우호적인 리뷰도 쏟아지고 있었다.

규현은 만족스러운 표정으로 리뷰를 읽었다. 마지막 리뷰를 읽고 글을 쓰기 위해 문서 작성 프로그램을 켠 순간, 전화가 왔다.

"모르는 번호네."

어떤 사람들은 모르는 번호를 잘 받지 않는 습관이 있다고 하지만 원고 투고를 자주해서 오히려 등록되지 않은 번호를 기다리는 입장이었던 규현은 망설임 없이 통화 버튼을 누르고 스마트폰을 귓가에 가져갔다.

"여보세요?"

─규현 오빠?

익숙한 목소리였다. 규현은 목소리의 주인이 누군지 떠올리려 노력했지만 쉽게 떠올릴 수 없었다. 다만 확실한 것은 학교에서 들은 적이 있었던 목소리였다.

─저 올해 학회장을 맡은 최하은이에요.

"아!"

하은의 소개에 규현은 그녀에 대한 것을 떠올릴 수 있었다. 그녀가 1학년이었을 때, 몇 번 마주친 적이 있었다. 설마 벌써 3학년이 되어서 학회장까지 맡았을 것이라고는 생각도 하지 못 했다.

"누군지 알겠다. 그런데 무슨 일이야?"

그는 확실한 확인을 위해서 질문하긴 했지만 사실 하은이 전화한 이유를 어느 정도 예상하고 있었다. 아마도 신입생 환영회 때문일 것이다.

한국대학교 영어영문학과는 학생 수가 적기로 유명한 과였다. 아마 하은은 신입생들에게 좋은 인상을 남겨주기 위해서 꼭 참석해 달라고 전화를 돌리고 있는 것일 확률이 높았다.

─제가 미처 단체 채팅방에 초대하지 못해서 미리 전달 못 드렸는데 다음 주 월요일에 우리 신입생 환영회가 있어요.

예상대로다.

"참석해 달라는 말이지?"

─네. 아시다시피 저희 인원이 많이 없어요. 꼭 참석해 주

셨으면 좋겠습니다.

"갈 테니까 걱정하지 말고."

하은의 물음에 규현은 긍정적인 답을 내놓았다. 기사 이야기와 그 남자의 할리우드 이야기의 비축분이 충분히 쌓여 있었기 때문에 하루 정도는 기분 전환 삼아 놀다오는 것도 나쁘지 않을 것 같다고 생각했다.

―오빠, 고마워요.

"어려운 일도 아니잖아. 걱정하지 말고 열심히 해."

―네!

규현의 긍정적인 대답을 들은 덕분에 그의 말에 대답하는 하은의 목소리에서 밝은 힘이 넘쳤다.

*　　　*　　　*

3층 규모의 저택에서 단정하게 차려입은 석현이 나왔다. 그는 곧장 차고로 향했다. 차고에 도착한 그는 주차되어 있는 자신의 차에 탑승하였다. 그러고는 그가 어딘가로 차를 몰았다.

1시간 정도를 달린 끝에, 석현이 탄 차는 도시 외곽의 힌적한작은 카페 앞에 멈춰 섰다. 카페의 주차장에 차를 댄 후 그는 안으로 들어갔다.

카페 안으로 들어간 그는 누군가를 찾는 것인지 두리번거리며 사방을 훑었다. 이윽고 그는 대상을 발견하고는 환한 미소를 지은 채 어딘가로 발걸음을 옮겼다. 그의 발이 멈춘 곳엔 머리가 아주 긴 40대 남자가 노트북 키보드를 바쁘게 두드리고 있었다.

"박지호 작가님."

"아, 석현 군? 어서 와요."

노트북에 집중하고 있던 그는 석현이 이름을 부르고 나서야 자신을 찾아온 손님의 존재를 깨닫고 환한 미소와 함께 석현을 반겼다.

그의 이름은 박지호.

별빛 너머의 소나기라는 작품을 쓴 순수문학 작가로 문단에서는 제법 권위가 있는 인물이었다.

"오늘은 무슨 일로 저를 찾아오셨지요?"

지호가 석현을 향해 우호적인 시선을 보내며 물었다. 10년 전 하늘서고 신인문학상에 수상한 이후 지호는 쭉 하늘서고에 몸을 담고 있었다. 그래서 사주 가족인 석현과도 안면이 있을 뿐만 아니라 제법 친한 사이였다.

"올해 12월에도 문학인의 밤이 열리죠?"

"물론이지요."

석현의 물음에 지호는 고개를 끄덕였다. 문학인의 밤. 모든 문학인이 초대받기를 꿈꾸는 송년회로 다수의 문단 작가들과 소수의 장르 소설 작가들이 모여서 친목을 다진다. 원래는 문단 작가들만의 잔치였지만, 장르 소설계도 문학의 한 부류라고 말하는 이들이 소수 있어서 추천을 받은 소수의 장르 소설 작가들도 초대를 해오고 있었다.

"추천하고 싶은 작가가 있습니다."

"석현 군이 추천하는 작가라면 당연히 문단의 작가겠군요."

지호는 석현이 추천하는 작가가 당연히 등단한 문단의 작가라고 생각했다.

어렸을 때부터 순수문학 공모전을 휩쓸고 명문대 문예창작과에 입학한 석현은 장르 소설과는 거리가 멀었기 때문이었다.

지호의 말에 석현은 미소를 지으며 입을 열었다.

"아뇨. 장르 소설이요."

"장르 소설이요? 흠."

지호의 표정이 살짝 굳었다. 여러 생각이 교차하는 듯했다. 순수문학으로 등단한 작가인 그는 대부분의 순수문학 작가들이 그렇듯 장르 소설을 좋은 시선으로 보고 있지 않았다. 지호는 장르 소설이 진정한 소설이 아니라고 생각하고 있었다. 그래서 석현이 추천하는 작가가 장르 소설계라고 말했을 때 표정이 살짝 굳은 것이다.

"추천을 받더라도 장르 소설 작가라면 어느 정도 유명세가 있어야 하는 거 알고 있지요?"

지호가 말했다. 문학인의 밤이라는 행사에 초대받기 위해선 추천이 필수였다.

순수문학 작가라면 추천만 있으면 큰 어려움 없이 초대받을 수 있지만 장르 소설 작가는 추천만 받는다고 해서 무조건 참석할 수 있는 게 아니었다.

어느 정도 유명세가 있어야만 가능했다. 그리고 그것을 판단하는 것은 문학의 밤 주최 측이었다.

"당연히 알고 있어요. 어느 정도 유명세가 있는 친구니까 걱정 안 하셔도 좋습니다."

"그렇다면 다행이군요. 그런데 장르 소설 작가를 추천한 특별한 이유라도 있나요?"

지호는 장르 소설 작가를 추천한 이유를 물었다. 석현은 입꼬리를 끌어 올려 미소를 지었다. 지호는 눈치채지 못했지만 석현의 미소에선 검은 의도가 묻어났다.

"그 친구가 저에게 계속 부탁을 해서 말이죠. 계속 거절하는 건 미안해서요."

"저런, 곤란했겠어요."

그는 표정 하나 변하지 않고 능숙하게 거짓말을 했다. 사정을 모르는 지호는 속을 수밖에 없었다.

"저도 개인적으로 곤란했고, 추천하면서도 마음이 편치 않았어요. 부디 직접 문학인의 밤의 벽이 얼마나 높은지 체감했으면 하는 마음입니다."

석현의 말에 지호는 커피를 한 모금 마시며 입을 열었다.

"석현 군의 추천이 있어서 가만히 있으려고 했는데, 안 되겠네요. 그런 장르 소설 작가에게 진정한 작가와 글이 무엇인지 알려줄 필요가 있겠어요."

지호의 말에 석현은 환한 미소를 지었다. 만족스러운 결과였다.

"감사합니다."

"12월을 기대하셔도 좋습니다."

"빨리 다가왔으면 좋겠네요."

한 남자의 무대를 넓히게 될 밀약이 맺어진 순간이었다.

＊　　　　＊　　　　＊

"선배님, 여기예요."

술집이 늘어선 골목으로 들어서자 안경을 낀 어떤 남자가 규현을 발견하고 손을 흔들었다. 모르는 얼굴이었지만 자신의 이름을 아는 것으로 보아 당연히 영어영문학과 후배라고 생각한 규현은 손을 들어 답한 뒤 남자가 서 있는 방향으로 발걸음을 재촉했다.

처음에는 누군지 몰랐는데 어느 정도 거리가 가까워지자 누군지 알 수 있었다.

그의 이름은 신상규.

영어영문학과 후배였다. 별로 친한 사이도 아니었고, 마주친 적도 별로 없었기 때문에 얼굴이 바로 기억나지 않은 것이었다.

"오랜만이다."

"네. 오랜만이에요. 안으로 들어가시죠."

상규는 어색한 미소를 지으며 술집 안으로 규현을 안내했다. 입구 쪽에는 1학년들이 앉아 있었다. 일부는 여유로운 표정이었지만 대부분은 새로운 세계에 대한 기대와 두려움이 섞인 복잡한 얼굴로 자리를 지키고 있었다.

"안녕하세요!"

"안녕하십니까!"

규현을 발견한 1학년들이 일제히 일어나 공손하게 인사했다. 선배님들의 얼굴을 잘 모르니 입학식 때 보지 못한 얼굴이 보이면 무조건 인사를 하고 있는 것 같았다.

"반가워."

규현은 그들의 인사에 답하고는 술집 안으로 발을 디뎠다.

"오빠! 여기예요!"

규현을 발견한 하은이 손을 들어 자신의 위치를 어필했다. 규현은 하은이 있는 곳으로 이동했다.

"여기가 3학년 자리예요."

"그래. 이번에 학회장 맡았다며, 축하한다."

"헤헤, 감사합니다~"

규현의 축하 인사에 하은은 밝게 웃었다. 학회장을 맡은 게 상당히 기분이 좋은 모양이었다. 그 모습에 규현은 미소를 지으며 의자에 앉았다.

규현은 조금 늦게 온 편이었다. 시간이 더 지나자 평소 늦게 다니는 3학년들이 도착했고 학회장이 간단한 인사를 하는 것으로 신입생 환영회가 시작되었다.

"잠깐 실례할게."

"넹."

술을 마시던 규현은 화장실에 가고 싶어졌고, 양해를 구한 뒤 화장실로 향했다. 용무를 해결하고 화장실을 나오는 순간 규현은 자신에 대해 이야기하는 익숙한 목소리를 들을 수 있었다.

"하은아, 그 작가라고 뻐기고 다니는 화석은 왜 부른 거야?"

상규의 목소리였다. 악의가 느껴지는 그 목소리에 규현은 살짝 눈살을 찌푸렸다. 뻐기고 다녔던 기억은 없었다. 바로 나가려던 규현은 문득 하은의 반응이 궁금하여 벽에 바짝 붙어 귀를 기울였다.

"우리 학과 사람 적은 거 알잖아요. 부를 수 있는 사람들은 다 불러야죠. 화석이라도 살아 움직이니까 부른 거예요."

하은이 대답했다. 주변은 소란스러웠지만 분명하게 들을 수 있었다.

"아무튼 나는 마음에 안 들어. 규현 형만 그런 게 아니고, 다른 사람들도 말이야."

슬슬 나갈 때가 된 것 같다고 생각한 규현은 발걸음을 옮겼다.

일부러 기척을 크게 내는 것도 잊지 않았다.

규현의 인기척을 느낀 하은과 상규는 바로 대화를 중단했다. 자리로 돌아온 규현은 홀로 술잔을 채우려 했다.

"선배님."

그런 규현을 향해 낯선 목소리가 들렸다. 고개를 옆으로 돌리니, 1학년으로 추정되는 두 명의 학생이 술병을 들고 있었다. 무슨 상황인지 파악한 규현은 재빨리 술잔을 내밀었다.

"이민석이라고 합니다!"

"석주진입니다!"

두 신입생은 서로를 소개했다. 안경을 끼고 있는 남자가 민석이었고 머리를 노랗게 물들인 남자가 주진이었다.

그들이 연이어 따른 술을 마신 규현은 그들의 잔을 채워 주었다. 민석과 주진은 술잔을 단번에 비웠다.

서로가 술잔을 비웠으니 짧은 대화를 나누는 시간이었다. 세 사람은 서로에 대해 간단히 소개를 하면서 대화를 나누었다.

"선배님! 혹시 문학 왕국이라고 들어보셨습니까?"

민석의 입에서 익숙한 단어가 튀어 나왔다.

"정규현 형은 작가님이셔. 아마 알고 계실 거다."

민석의 물음에 대답한 사람은 규현이 아니라 상규였다. 작가라는 말에 민석과 주진의 두 눈이 반짝였다. 규현은 속으로 작게 한숨을 내쉬었다.

반응을 보니 자신에 대해 모르는 것 같았다.

하지만 이해했다. 수호자가 아닌 작가 정규현은 사실상 무명이었기 때문에 문학 왕국을 아는 독자가 모른다고 해도 이상하지 않았다.

"정말이십니까?"

주진의 물음에 규현은 고개를 끄덕였다. 이번에는 민석이 입을 열었다.

"그럼 문학 왕국에서 연재하고 계시겠네요? 필명이 어떻게 되는지 알 수 있겠습니까?"

"수호자."

딱히 숨길 이유도 없었기 때문에 규현은 솔직하게 말했다.

"예? 선배님이 기사 이야기 작가님이시라고요?"

"진짭니까?"

"그래, 진짜."

속일 이유는 없었기 때문에 규현은 솔직하게 말했다. 규현의 말에 민석과 주진은 물론이고 마침 주변에서 다른 사람과 대화를 나누면서 은근히 대화를 엿듣고 있던 상규의 움직임이 멈췄다. 상규도 문학 왕국에 가끔 들어가기 때문에 수호자라는 작가가 얼마나 대단한 작가인지 알고 있었던 것이다.

규현이 선배다 보니 말은 하지 않았지만 민석과 주진은 믿을 수 없다는 얼굴이었다. 규현은 말없이 스마트폰을 꺼내문학 왕국에 접속했다. 그리고 수호자 아이디로 로그인한 뒤, 서재를 두 사람에게 보여주었다.

"대박."

민석은 입을 열지 못했고, 주진은 '대박'이라는 한 단어를 내뱉었다.

"이제 충분하지?"

"저도 좀 보여주세요."

스마트폰을 주머니에 집어넣으려 하는 순간, 다른 사람들이랑 이야기를 나누고 있던 상규가 갑작스럽게 끼어들었다. 스마트폰 화면을 보여주는 것은 어려운 일도 아니었기 때문에 규현은 흔쾌히 상규에게 스마트폰 화면을 보여주었다.

"세상에."

규현의 스마트폰 화면을 보는 상규의 눈동자가 지진이라도 난 것처럼 격하게 흔들렸다.

충분히 보여줬다고 생각한 규현은 스마트폰을 회수하여 주머니에 집어넣었고 상규는 복잡한 얼굴로 주변 눈치를 살피다 말없이 술잔을 비웠다. 규현은 상규에게서 민석을 향해 시선을 옮겼다.

"문학 왕국에 연재 중이라고 했지? 필명이 어떻게 돼?"

규현은 호기심이 생겼다. 매니지먼트 사업을 하려면 작가는 많으면 많을수록 좋았다. 매니지먼트 사업은 손해 보는 일은 많이 없기 때문에 어느 정도 기본 실력만 있으면 작가를 무조건 많이 확보하는 경우도 많았다. 민석의 스탯이 괜찮으면 후보에 넣을 생각이었다.

"본명으로 연재하고 있습니다."

"그래. 나중에 확인해 볼게."

"감사합니다. 선배님!"

민석과 주진이 고개를 숙여 인사를 한 후, 술병을 들고 다른 곳으로 이동했다. 그리고 규현은 스마트폰을 다시 꺼내 문학 왕국에 접속하여 민석의 이름을 검색했다.

"악마 군주 전기라……."

연재를 살펴보니 줄거리를 간략하게 소개한 글이 있었는데, 제목에서 알 수 있듯이 악마 군주에 대한 이야기를 다루고 있었다. 취직 준비 중에 자신의 처지를 비관한 20대가 자살을 하는데, 이계의 악마 군주로 깨어난다는 내용이었다.

소개 글을 읽은 규현은 민석이 연재 중인 악마 군주 전기에 손가락을 가져갔다. 그러자 규현에게만 보이는 스탯창이 나타났다.

[악마 군주 전기]
분류: 퓨전 판타지.
종합 등급: E.
30일 뒤 예상 24시간 구매 수: 약 50.

[이민석]
종합 등급: D.

소설의 스탯은 E로 상현의 경영 마법사와 같았다. 하지만 민석의 작가 스탯은 상현보다 한 단계 낮았다. 규현은 혹시 자신이 매니지먼트 사업을 시작하게 된다면 계약의 최종 마지노선은 C급으로 생각하고 있었다. 유감스럽게도 민석의 스탯은 D급. 규현이 생각한 조건에 미달된다.

매니지먼트 사업이 종이책 출판 사업에 비해 적은 자본이 필요한 편이었지만 돈이 들어가는 곳이 분명 있었기 때문에 보통은 하는 작가들과 계약하는 게 좋았다.

작가 스탯이 D급이라면 잠재력을 극한까지 발휘하지 않는 이상 대부분의 작품이 F급이나 E급이 분명한데, 이 정도 스탯은 현재 장르 시장에서 돈을 벌기 힘들었다. 돈을 벌기는 커녕 망하지나 않으면 다행이다.

"형, 정말 수호자예요?"

스마트폰을 주머니에 넣고 안주로 나온 부대찌개의 햄 조각을 하나 집어 든 순간, 가만히 있던 상규가 말을 걸어왔다.

"그래."

규현은 대답과 함께 고개를 끄덕였다. 그러자 상규는 복잡한 얼굴로 입술을 살짝 악물었다. 규현을 보는 그의 눈동자에서 여러 감정이 엿보였다. 부러움과 동경의 감정이었다. 그리고 질투와 시기 같은 감정도 엿보였다.

"설마 형이 기사 이야기 작가님일 줄은 몰랐어요. 기사 이야기 잘 읽고 있습니다. 파비앙이 제니아를 구출해서 둘이 이어질 줄 알았는데, 황녀 세리아와 강제 약혼을 하더군요.

어떻게 이어질지 흥미진진합니다."

그는 재빨리 표정을 관리하고 밝은 목소리로 말했다. 그렇게 말하면서 술병을 들어 올렸다.

"제 잔을 받아주시죠."

자신이 돈을 잘 번다는 것을 알고 나서 갑자기 바뀐 태도에 규현은 눈살을 찌푸렸다. 보기 좋은 모습은 아니었지만 주는 잔을 거절하는 것도 예의가 아니었기 때문에 규현은 말없이 잔을 내밀었다.

"형이 수호자 작가일 줄이야. 정말 몰랐습니다."

규현이 내민 잔에 술을 따르며 상규가 말했다. 갑자기 변한 태도에 규현은 살짝 불편함을 느꼈다.

"대단한 거예요?"

조금 전까지만 해도 규현이 없을 때, 그에 대해 좋지 않은 말을 했던 상규의 태도가 갑자기 변하자 하은이 호기심 어린 눈동자로 질문했다. 그러자 상규가 엄격하고 진지한 얼굴로 입을 열었다.

"물론이지. 문학 왕국 베스트 2위면 엄청 대단한 거야."

"음… 전 잘 모르겠어요."

문학 왕국에 대해 알고 있는 상규와는 다르게 하은은 장르 소설에 관심이 거의 없었다. 그래서 문학 왕국 베스트 2위가 얼마나 대단한 것인지 모르고 있었다. 이것이 장르 소설에 관심이 없는 일반인의 반응이었다.

1세대 판타지 작가의 소설이 아닌 이상 아무리 유명해도 장르 소설에 관심 없는 일반인들은 제목조차 모르는 경우가 대부분이었다. 규현은 의미를 알 수 없는 표정으로 안주를 집어 먹었고 상규는 다시 엄격하고 진지한 얼굴로 입을 열었다.

"간단하게 예를 들어주지. 문학 왕국 베스트 2위시니까 문학 왕국에서만 월 3,000만 원을 인세로 받으실 거야."

"헐."

그러자 하은의 표정이 달라졌다. 마치 신을 보는 듯한, 하지만 그러면서도 뭔가를 노리는 듯한 날카로운 눈빛. 그녀와 친한 사이는 아니었기 때문에 그녀의 모든 것을 알고 있다고는 할 수 없지만 한 번도 보지 못한 모습이었다. 매달 받는 총 인세를 말했다가는 뭔가 일이 터질 것만 같아서 규현은 입을 다물었다.

"그럼 오빠, 차도 있겠네요?"

상규를 밀치고 다가온 하은이 물었다. 너무나 속이 보이는 질문이었기 때문에 규현은 눈살을 찌푸렸다.

"물론 있지."

"차종이 어떻게 되세요?"

설마 하은이 차종까지 물어볼 줄은 몰랐다.

"7시리즈."

어차피 학교를 다니다 보면 여기저기서 눈에 띄고 소문이 날 게 뻔하기 때문에 규현은 솔직하게 말했다. 규현의 대답을 들은 하은의 두 눈이 반짝였다. 그녀가 보내는 부담스러운 시선에 규현은 시선을 돌렸다.

"오빠~ 저랑 짠 해요, 짠."

상규를 밀쳐 내고 규현의 옆자리를 차지한 하은이 건배할 것을 권했다. 규현은 말없이 잔을 내밀었고, 두 사람의 잔이 부딪쳤다. 그 후로도 하은은 계속 규현에게 술을 권했다. 마치 뭔가를 노리고 규현을 취하게 하려는 듯한 모습이었다. 하지만 유감스럽게도 규현은 술이 제법 센 편이었고, 하은은 규현보다는 약한 편이었다.

같은 술자리에는 있었어도 같이 술을 마셔본 적은 없었기 때문에 규현의 주량을 잘 몰랐던 하은은 얼마 지나지 않아서 뻗어버렸다.

"슬슬 시간이 늦었으니 가봐야겠다."

테이블에 쓰러진 하은을 다른 여 후배에게 인계한 뒤 규현은 시간이 늦은 것을 확인하고 대리운전기사를 불러 집으로 향했다. 집에 도착한 규현은 자기 전에 문학 왕국 커뮤니티에 들어갔다.

[파비앙이 강제 약혼 했네요.]

[제국 방어기, 4월 완결 선언.]

유난히 눈에 띄는 제목의 게시글이 있었다. 규현은 그 게시글을 클릭해서 들어갔다. 게시글 내용은 제목대로 티미 작가의 제국 방어기가 4월에 완결될 예정이라는 것이었다.

김자객: 제방 완결되면 이제 뭘 봐야 합니까! 이 완결 반대입니다!

탁구공: 기사 이야기로 갈아타야 하나.

제국 방어기의 완결. 그것이 의미하는 것은 크다. 북페이지와 다르게 문학 왕국은 완결이 되면 완결 소설란으로 이동하기 때문에 베스트도 완결 베스트로 이동된다. 즉, 티미가 물러남과 함께 기사 이야기가 1위를 할 수 있다는 것을 의미했다.

*　　　　　*　　　　　*

학교생활은 평화로웠다. 신입생 환영회에서 작은 소란이 있었기 때문에 소문이 퍼져서 피곤한 학교생활을 할 것이라는 예상과 다르게 개강 초기라 그런지 모두 정신이 없어서 규현을 향한 관심은 별로 없었다. 하은이 자주 따라다니며 귀찮게 굴기는 했지만 그녀에게 전혀 관심이 없는 규현은 신경 쓰지 않았다.

규현이 학교에 다닌 지 약 한 달 정도가 지나고 4월이 되었다. 4월 초, 예상대로 제국 방어기는 완결되었고 완결 베스트로 이동했다. 그렇게 되면서 기사 이야기는 문학 왕국 베스트 1위를 점령하는 것에 성공했다.

기사 이야기의 베스트 1위. 규현과 파란책에서는 기뻐할 만한 일이었지만 이것을 보고 큰 후회를 하는 두 곳이 있었다. 바로 리디스 미디어와 판타지 제국이었다.

"이런 젠장!"

판타지 제국의 기획팀장 차병호는 회의실을 나오며 욕설을 내뱉었다. 판타지 제국에서 그는 규현을 내보낸 주범이 되어 팀장 회의에서 집중 공격을 당했다. 작가 한 명을 보지 말고 더 큰 이익을 추구하자며 떠들어댔던 팀장들조차 병호를 향해 거친 공격을 퍼부었다.

"하아!"

자리로 돌아온 병호는 깊은 한숨을 내뱉으며 문학 왕국 홈페이지에 들어갔다. 메인에 위치한 베스트란의 1위 자리에 기사 이야기가 자리 잡고 있었다. 클릭해서 연재란으로 이동하자 표지가 보였는데, 표지에는 파란책의 로고가 새겨져 있었다. 그 모습을 보니까 깊은 후회가 몰려오면서 가슴이 시리고 아팠다. 할 수만 있다면 시간을 되돌리고 싶었다.

리디스 미디어의 거래 요청을 수락하지만 않았어도 기사 이야기의 표지엔 판타지 제국의 로고가 새겨져 있었을 것이다. 하지만 어쩌겠는가. 후회해도 이미 늦은 것을.

한편 리디스 미디어의 상황 또한 크게 다르지 않았다. 리디스 미디어의 기획팀장 조찬호도 판타지 제국의 기획팀장 차병호처럼 상황이 좋지 않았다. 마찬가지로 팀장 회의에서 시원하게 깨진 찬호는 답답한 마음을 달래기 위해 자판기에 다가가 커피를 뽑았다.

"후우."

병호처럼 깊은 한숨을 쉬는 찬호. 분명 규현이 쓴 원고를 보고 그를 내치는 게 좋겠다고 판단한 사장이었고 그에 동조한 다른 팀장들이었지만 상황이 변하자 불똥은 찬호에게 집중되었다.

모두가 책임을 넘기고 넘겨서 결국 찬호에게 온 것이었다. 찬호는 책임을 넘길 대상이 없었다.

"아니, 한 명 있잖아?"

없는 줄 알았는데 생각해 보니까 한 명 있었다. 바로 규현의 담당자였으며, 그를 내치는 것에 적극적으로 찬성했던 편집자 강주석이 있었다. 찬호는 뜨거운 커피를 단숨에 마시고는 주석의 자리로 이동했다. 지옥의 군대처럼 살기를 흩뿌리며 다가오는 찬호의 모습에 다른 작가의 원고 교정을 하고 있던 주석이 굳은 얼굴로 침을 삼켰다.

"팀장님?"

주석의 목소리가 떨렸다. 그도 문학 왕국 베스트를 확인했기 때문에 자신의 미래를 예상하고 있는 것이었다.

"문학 왕국 베스트 확인했지?"

"예. 확인했습니다."

"수호자 작가가 베스트 1위 먹은 것도 확인했고?"

"예⋯⋯."

찬호의 물음에 주석은 힘없이 말끝을 흐렸다. 주석의 그런 반응에도 불구하고 찬호는 계속해서 그를 다그쳤다. 잔소리는 10분이 지나서야 끝났고, 그제야 주석은 한숨 돌릴 수 있었다.

*　　　　*　　　　*

오크아이: 문학 왕국 베스트 1위 축하드립니다.

만신전: 축하드립니다.

침략자: 나도 못 한 1위를…….

퐁삽: 1위할 글은 아닌데, 요즘 문학 왕국 왜 이러나 몰라.

찬란하게 빛나면 여러 종류의 사람들이 그 주위로 몰려들게 마련이다. 1위를 축하하는 댓글도 많았지만 그렇지 않은 댓글도 소수 존재했다.

모든 독자를 만족시키지 못하는 것은 당연했다. 중요한 것은 얼마나 많은 독자들을 만족시키느냐다. 규현이 한참 기사 이야기 댓글과 문학 왕국 커뮤니티 게시글과 댓글을 확인하고 있을 때 책상 위에 올려둔 스마트폰이 진동했다. 확인해 보니 담당 편집자인 창석이었다.

"마감에 맞춰서 원고 보냈는데 무슨 일이지?"

특별한 일이 없으면 창석이 먼저 전화를 거는 일은 거의 없었다. 그가 먼저 전화를 걸었던 적은 손에 꼽을 수 있었는데, 그중 한 번은 규현이 실수로 마감 날짜를 어겼을 때였다. 마감 날짜를 어기니까 칼같이 전화를 걸어서 재촉했었다.

"여보세요."

규현은 전화를 받았다.

—작가님!

창석의 목소리가 들려왔다. 들떠 있는 그의 목소리에서 마감 때문에 전화를 한 것은 아니라는 것을 알 수 있었다. 뭔가 좋은 일이 있는 것 같았다.

"무슨 좋은 일이라도 있으세요?"

—지금 북페이지 베스트 확인해 보세요! 어서요!

창석이 호들갑을 떨었다. 규현은 북페이지에 접속하여 베스트 메뉴에 들어갔다.

9: 여명의 기사회 —완—(정현도)

10: 기사 이야기(수호자)

11: 결사단(로한)

기사 이야기가 10위에 자리 잡고 있었다. 규현은 놀라움을 감추지 못했다.

"세상에."

이 말 한 마디밖에 나오지 않았다. 아래로는 1세대 작가는 아니지만 제이엔 미디어의 대표 작가 중 한 명인 로한이 있었고 위로는 1세대 작가로 현재 검은 새벽의 네크로맨서를 연재 중인 현도가 있었다. 그동안 그 남자의 할리우드 이야기를 연재하고 문학 왕국에 신경 쓰느라 북페이지 쪽은 전혀 신경 쓰지 못하고 있었는데 무려 10위를 했다.

—북페이지 10위 축하드립니다.

창석이 축하 인사를 건넸다. 북페이지 베스트 10위가 의미하는 바는 컸다. 그야말로 대한민국의 장르 소설 Top10에 들었다는 것을 의미하는 것이다.

"10위 유지하려면 빡세겠네요."

─작가님이라면 유지할 수 있으실 것이라고 생각됩니다.

규현의 말에 창석이 밝은 목소리로 말했다. 북페이지 베스트 10위의 왕관이 가지는 무게는 무거웠다. 벌써부터 부담감이라는 이름의 왕관의 무게가 느껴지는 것 같았다.

"최근 전개를 마음에 들어 하지 않는 독자분들이 계셔서 10위 안에 들 줄은 생각도 못 했습니다."

사실 설마 베스트 10위에 들 줄은 몰랐다. 최근 파비앙이 황녀 세리아와 강제 약혼 하면서 제니아 팬들이 대거 빠져나갔기 때문이었다.

─전개가 마음에 들지 않다곤 해도 보는 사람들은 봅니다.

창석이 대답했다. 그의 말대로 전개가 다소 마음에 들지 않는다고 해도 보는 사람은 본다. 그것이 장르 소설이었다. 규현은 창석과 몇 마디 이야기를 더 나눈 뒤 전화 통화를 끝냈다. 그리고 스마트폰을 내려놓으려는 순간, 메시지가 한 통 도착한 것을 확인할 수 있었다. 규현은 메시지를 확인했다.

[오빠, 저 이제 시간 돼요.]

송현지였다.

현지의 메시지를 확인한 규현은 현지에게 전화를 걸었다.

―여보세요, 규현 오빠?

통화 대기음이 끝나고 현지가 전화를 받았다. 이전에 한 번 거절했던 것 때문에 미안함이 느껴지면서도 오랜만에 통화를 해서 그런지 반가움이 느껴지는 목소리에 규현은 살짝 미소를 지었다.

"오랜만이다. 잘 지내지?"

―네, 오빠. 덕분에 잘 지내고 있어요.

"사실 개인적인 일로 만나고 싶은데, 시간 있을까?"

규현은 본론을 꺼냈다. 그는 전화 통화로 이야기하는 것보단 만나서 이야기하는 게 낫다고 생각했다.

―마침 하고 있던 일이 끝나서 시간이 많이 남아요. 언제든지 만날 수 있어요.

다행히 현지도 시간이 있는 것 같았다. 규현은 약속 시간과 장소를 정한 뒤 전화를 끊었다. 마침 내일은 현지는 물론이고 규현도 오전 수업만 있었기 때문에, 내일 오후 1시, 교내에 위치한 카페에서 만나기로 약속했다.

* * *

오전 수업은 전공 수업이었다. 전공 필수과목이었기 때문에 영어영문학과 대부분의 학생들이 수강 신청 하여 듣고 있었다. 그중에는 학회장 하은도 있었다.

"오늘 수업은 여기까지."

수업을 끝낸 교수가 짐을 챙겨 강의실을 나갔다. 규현도 서둘러 가방을 챙겨 의자에서 일어났다. 현지와 약속이 있었지만 오후 1시였기 때문에 아직 시간은 있었다. 규현은 교내에 있는 식당에서 간단하게 식사를 하고 현지를 만나러 갈 생각이었다.

"슬슬 이동해 볼까."

3학년 중에서 규현과 친한 사람은 없었다. 누구와 말을 섞지도 않고 강의실을 나서는 규현의 뒤를 쫓는 한 명의 여성이 있었다. 학회장인 하은이었다.

"오빠~!"

밝은 목소리로 규현을 부르며 그의 앞을 막아서는 하은. 스마트폰을 힐끔거리며 걷고 있던 규현의 시선이 하은에게 향했다. 규현의 시선을 받은 하은은 요염한 표정으로 그를 지긋이 보았다.

"지금 시간 되세요?"

"미안한데, 지금 시간이 없어."

규현이 대답했다. 현지를 만나기 전에 잠깐 시간이 있었지만 그 시간에 생각을 정리하고 싶었다. 다른 사람이 옆에 있으면 생각을 정리하는 게 힘들었다. 규현의 말에 하은의 얼굴이 일순간 굳었다. 하지만 그녀는 금방 표정을 관리하며 입을 열었다.

"그러면 어쩔 수 없죠. 다음에 봐요~!"

그녀는 애써 쿨한 척하며 규현과 멀어졌다. 하은이 사라지고 규현은 학교 식당으로 향했다. 학교 식당에서 대충 점심을 해결한 규현은 현지와 만나기로 약속한 카페로 향했다.

하지만 현지는 카페에 없었다. 시간을 확인하니, 12시 45분이었다. 약속 시간까지 15분 정도 남아 있었다. 그리고 보니 과거에 현지는 동아리 회식에 일찍 오는 편이 아니었다. 아마 이번에도 시간에 딱 맞추거나 조금 늦게 올 것 같았다.

"아이스티 한 잔이요."

규현은 현지를 기다릴 겸 아이스티를 주문했다. 이윽고 주문한 아이스티가 나오자 그는 그것을 들고 자리를 잡았다.

"오빠, 늦어서 죄송해요."

스마트폰 게임을 하면서 머리를 식히며 생각을 정리하고 있던 규현은 자신을 부르는 익숙한 목소리에 고개를 들었다. 규현의 시선이 향하는 곳에 현지가 있었다. 그녀는 셔츠 위에 가벼운 외투를 입고 있었다.

"아냐. 시간 딱 맞춰서 왔어."

12시 55분이었다. 규현이 일찍 와서 그렇지, 현지가 늦은 것은 결코 아니었다.

"저 커피 주문하고 올게요."

"그래."

현지는 수줍게 웃었다. 규현이 고개를 끄덕이자 그녀는 커피를 주문한 뒤 다시 돌아왔다.

"오빠, 무슨 일로 만나자고 하신 거예요?"

현지는 뭔가 기대하는 눈빛으로 물었다. 규현이 꺼낼 이야기는 딱히 그녀가 기대할 만한 것이 아니었기 때문에 규현은 그녀의 시선을 살짝 피하며 입을 열었다.

"문학 왕국에서 연재한다고 들었어. 혹시 네 필명을 알 수 있을까?"

규현은 그렇게 말하면서 스마트폰을 테이블에 살짝 올렸다. 그녀가 필명을 말하면 즉시 문학 왕국에서 검색해 보기 위함이었다. 교내 단편 소설 공모전에서 최우수상을 받을 그녀의필력이면 기본은 하겠지만 장르 소설과 일반 소설은 다르기 때문에 작가 스탯과 작품 스탯 확인은 필수였다.

"그건 갑자기 왜 물어보시는 건데요?"

갑자기 그녀의 대답에 찬바람이 불었다. 방금 전까지만 해도 현지는 규현에게 사근사근하고 상당히 우호적이었지만,

그가 필명을 물어보자 경계심 어린 눈빛을 보냈다. 규현은
마른침을 삼켰다. 마치 용의 역린을 건든 것 같은 기분이었
다.

"아니, 그냥 궁금해서."

"그냥 궁금해서는 아닐 텐데요."

규현의 말에 현지가 답했다. 그녀의 표정은 조금 풀렸지만
목소리에선 여전히 냉기가 조금 느껴지고 있었다.

"커피 가지고 올게요."

규현이 입을 열려는 순간 진동벨이 울렸다. 현지는 커피를
가져오겠다고 말한 뒤 스마트폰을 테이블에 놓은 채 카운터
로 향했다.

부우웅.

그녀가 놓고 간 스마트폰이 진동했다. 스마트폰 화면은 천
장을 향하고 있었다. 자연스레 그녀의 스마트폰 화면으로 시
선이 향했다. 현지의 스마트폰에 잠금 화면 미리보기가 설정
되어 있는지 규현은 메시지 내용을 확인할 수 있었다.

[티미 작가님, 작가 수정 보냈습니다. 그리고 차기…….]

"세상에."

메시지를 확인한 규현은 할 말을 잃었다. 전문이 표시되진

않았지만, 규현에게 필요한 정보는 모두 있었다. 송현지, 그녀의 정체는 오성 북스의 대표 작가, 티미였다.

현지의 글솜씨가 뛰어나다는 것은 상현에게 들어서 익히 알고 있었지만 설마 그녀가 티미 작가라고는 생각도 하지 못했다. 커피를 들고 다가오는 현지의 모습을 보며 규현은 여러 가지 생각을 했다. 현지는 자신의 광팬이었다. 그리고 티미는 커뮤니티에서 규현의 글 실력을 낮게 본 적이 있었다.

자신의 눈으로 확인했지만 솔직히 규현은 현지가 티미라는 게 말이 안 된다고 생각했다. 온라인과 오프라인에서의 성격이 극도로 차이가 나는 특이한 경우가 아닌 이상에야 오프라인에서는 규현의 팬을 자처하고 온라인에서 그의 글 실력을 낮게 볼 리가 없었다. 하지만 일단 자세한 사정은 모르기 때문에 규현은 신중히 움직이기로 했다.

"커피가 생각보다 빨리 나왔네요."

현지는 다시 입가에 미소를 그린 채 테이블 위에 커피를 놓았다. 그녀를 보며 규현은 굳은 얼굴로 입을 열었다.

"차기작 준비는 잘돼가니?"

규현의 물음에 커피에 설탕을 뿌리던 현지의 손이 멈췄다. 그녀는 다른 손으로 스마트폰을 들어 올려 메시지 기록을 확인했다.

"제 메시지 확인하셨군요."

"어쩌다 보니 보게 되었어. 오해는 하지 마. 일부러 본 건 아니야."

규현의 말에 현지는 한숨을 쉬며 스마트폰을 내려놓았다.

"맞아요. 제가 티미예요."

『작가 정규현』 2권에 계속…

초대형 24시 만화방

신간 100%, 샤워실, 흡연실, 수면실(침대석), 커플석, 세탁기 완비

▪ 광명 광명사거리역점 ▪

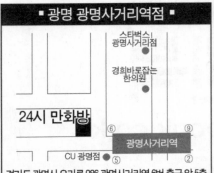

경기도 광명시 오리로 986 광명사거리역 6번 출구 앞 5층
02) 2625-9940 (솔목타워 5층)

▪ 강북 노원역점 ▪

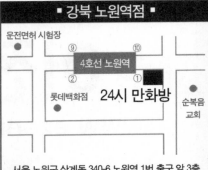

서울 노원구 상계동 340-6 노원역 1번 출구 앞 3층
02) 951-8324 (화용빌딩 3층)

▪ 일산 정발산역점 ▪

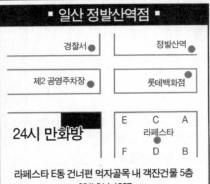

라페스타 E동 건너편 먹자골목 내 객잔건물 5층
031) 914-1957

▪ 일산 화정역점 ▪

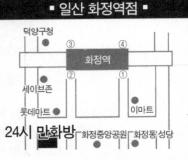

경기도 고양시 덕양구 화정동 984번지 서일빌딩 7층
031) 979-4874 (서일사우나 건물 7층)

▪ 부천 역곡역점 ▪

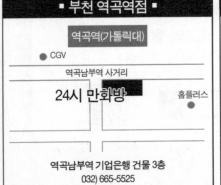

역곡남부역 기업은행 건물 3층
032) 665-5525

▪ 부평역점 ▪

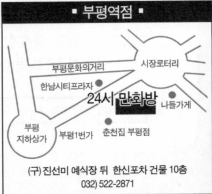

(구) 진선미 예식장 뒤 한신포차 건물 10층
032) 522-2871

이경영 판타지 장편소설

FANTASY FRONTIER SPIRIT

그라니트
용들의 땅

GRANITE

사고로 위장된 사건에 의해 동료를 모두 잃고 서로를 만나게 된 '치프'와 '데스디아'.
사건의 이면에 장식을 벗어난 음모가 있음을 알게 된 둘은
동료들의 죽음을 가슴에 새긴 채 각자의 고향으로 돌아간다.
2년 후, 뜻하지 않게 다시 만난 두 사람은 동료들의 복수를 위해
개척용역회사 '그라니트 용역'을 설립해 다시금 그 땅을 찾게 되는데……

용들이 지배하는 땅 그라니트!
그곳에서 펼쳐지는 고대로부터 이어지는 운명적 만남,
깊어지는 오해, 그리고 채워지는 상처.

『가즈 나이트』시리즈 이경영 작가의 미래형 판타지 신작!

Book Publishing CHUNGEORAM

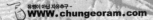

유행이 아닌 자유추구 -
WWW.chungeoram.com

FUSION FANTASTIC STORY

요람 장편소설

전장의 저격수

사회 부적응자이자 아웃사이더인 석영은
게임을 하다 지구의 종말을 맞이한다.

episode1:
잠에서 깬 용사의 시대를 시작하시겠습니까?
Y/N

하지만 깨어나 보니 세상은 멸망하지 않았다.
아니, 현실 같은 게임 속 세상이 펼쳐져 있었다!

현실보다 더 험난한 '리얼 라니아(real RAnia)'.
과연 석영은 살아남을 수 있을 것인가.

이제, 리얼 라니아의 전설이 시작된다!

Book Publishing CHUNGEORAM

유행이 아닌 자유추구 -
WWW.chungeoram.com

FUSION FANTASTIC STORY

박골 장편소설

내 손끝의 탑스타

그의 손이 닿으면 모두 탑스타가 된다?!

우연히 10년 전으로 회귀한 매니저 김현우.
그리고 그의 눈앞에 나타난 황금빛 스타!

그는 뛰어난 처세술과 냉철한 판단력으로
다사다난한 연예계를 돌파해 나가는데……

돈도, 힘도, 빽도 없지만 우리에겐 능력이 있다!

**김현우와 어울림 엔터테인먼트의
통쾌한 성공기가 지금부터 시작된다!**

Book Publishing CHUNGEORAM

유행이 아닌 자유추구 -
WWW.chungeoram.com